L'ÉTOFFE DE NOS RÊVES

DU MÊME AUTEUR

Amoureuses, roman, Julliard, 2020

FRÉDÉRIC BAPTISTE

L'ÉTOFFE DE NOS RÊVES

roman

Julliard

ISBN : 978-2-260-05517-4
Éditions Julliard – 31, rue Étienne Marcel 75001 Paris

À Valérie Benguigui avec laquelle
j'ai eu l'incomparable bonheur de jouer Shakespeare

À mon petit frère

« Nous savons ce que nous sommes,
mais ne savons pas ce que nous pourrions être. »

William Shakespeare

« Il n'y a pas d'âge pour réapprendre à vivre.
On dirait même qu'on ne fait que ça, toute sa vie.
Repartir. Recommencer. Respirer à nouveau. »

Françoise Sagan

« Je crois en la gentillesse. Profondément.
Je crois en la bravoure, le courage.
Et dans le fait de tenir parole.
C'est très démodé, je sais ! »

Tom Hiddleston

Il est parti, a murmuré son père d'une voix blanche, c'est fini. Puis il a quitté la chambre. Sans une étreinte, sans une caresse, sans une larme. Trop abruti par la douleur, s'est dit Gaëlle. Arthur est mort ce matin, à l'aube de sa vie. À l'aube de leur vie, à elle et à lui. Arthur. Son grand frère. Sa référence. Sa raison d'être. Elle ne sera pas « veuve », ni « orpheline ». La langue française n'a pas prévu de mot pour qualifier ce malheur-là : celui d'une sœur qui perd son frère. Pas plus qu'elle n'en possède pour désigner la mère et le père qui perdent un fils. Comme si, par superstition, elle cherchait à préserver les êtres humains de cette tragédie, en ne la nommant pas.

Gaëlle ne se souvient pas de l'âge auquel est née l'admiration qu'elle vouait à son frère. Elle préférait sa compagnie à celle des autres, des filles notamment. Son énergie, sa prédilection pour le jeu, sa culture. Elle l'imitait en tout, jusqu'à porter les vêtements qu'il ne mettait plus, ce qui brouillait les pistes sur son identité à elle dont on disait qu'elle avait des allures de garçon manqué. Sa mère, que cette gémellité fallacieuse et ces faux-semblants contrariaient parfois jusqu'à l'emportement, se désolait de ne pas se reconnaître en sa fille, persuadée que cette dernière ne parviendrait pas à s'épanouir tant qu'elle rejetterait les attributs des femmes. Elle était peinée que leurs relations se soient de ce fait dégradées depuis quelques années.

Arthur taquinait régulièrement sa sœur au sujet de son absence de féminité, même si, au fond, lui comme elle se moquaient bien des stéréotypes de genre – à dix-sept et dix-huit ans, on snobe les conventions. Gaëlle s'obstinait dans ses positions :

— Je n'ai jamais dit que je voulais être un homme. Je n'ai pas envie d'être une femme, nuance, affirmait-elle. Les femmes font ce qu'on attend d'elles. Au choix : devenir daronne, sainte ou pute. Je ne veux pas ressembler à ça.

— Et qu'est-ce que tu fais des Rosa Parks, des Simone Veil, des Malala Yousafzai ? lui rétorquait Arthur, railleur.

— Des exceptions.

— Des femmes passionnées. Qui ont changé la face du monde.

— Peut-être…

Gaëlle était souvent de mauvaise foi. Bien qu'elle l'adorât, son frère l'énervait à parler comme leur mère, utilisant les mêmes arguments qu'elle pour dénoncer son refus d'épouser les rituels et les comportements de la gent féminine.

— Porte au moins des jeans qui te mettent en valeur, plutôt que ce survêtement moche et informe, la suppliait-il. Et puis, laisse-toi pousser les cheveux !

— Non.

— Les mecs n'aiment pas les filles qui se négligent.

— Je m'en fous.

— Encore moins celles qui ressemblent à des déménageurs.

— J'ai besoin de personne.

— Menteuse !

Oui. Gaëlle mentait. Elle avait très envie d'une vie amoureuse. Mais à ses conditions à elle. Elle souhaitait aimer quelqu'un qui la considérerait telle qu'elle avait décidé d'être, non comme une chose ou bien un objet à la féminité préfabriquée. Arthur ne la désapprouvait pas vraiment. Il était impressionné par son entêtement à rester singulière. Simplement, il craignait que sa sœur soit mise à l'écart par les jeunes de leur âge et finisse toute seule dans la cour du lycée. Ça lui était arrivé à lui, lorsqu'il était entré en seconde. La délicatesse de ses manières, son hypersensibilité, son goût immodéré pour la poésie et la musique classique, teintaient son comportement d'une certaine préciosité, dont une poignée d'imbéciles se moquaient avec méchanceté. Arthur les traitait par le mépris, sans leur signifier qu'il en souffrait ; il privilégiait les amitiés romantiques plutôt que viriles. Et il était devenu, en quelques mois, la coqueluche de l'atelier théâtre où il excellait. La reconnaissance précoce de ses dons d'acteur suffisait à le rendre fier de ses préférences et de son émotivité. Les insultes s'étaient estompées, puisqu'il n'y répondait pas ; elles l'avaient rendu élitiste. Sur les conseils de Gaëlle, il avait d'ailleurs cessé d'exprimer ses émotions à tout va : « Ne leur dis pas tout de toi, insistait-elle. Confie-toi seulement à ceux qui en valent la peine. Tu vas te faire bouffer, sinon. T'es trop naïf, mon pauvre ! » C'était beau cette façon que le frère et la sœur avaient de se protéger l'un l'autre.

Si Gaëlle n'avait jamais vraiment investi son corps, elle ne le rejetait pas pour autant. Les jupes, les talons, les coiffures travaillées pour lesquelles les femmes déploient pléthore de minauderies, l'avaient toujours horripilée. Elle trouvait les filles superficielles, du moins celles qu'elle connaissait, ayant constaté que la plupart s'essoufflaient dans une course au palmarès de la plus intelligente, la plus sexy ou la plus cool, dans la perspective d'être vénérée, si ce n'est de « serrer un maximum de mecs », comme elles disaient. Cette vanité, voilée par une sororité de harem, aurait pu la rendre violente, si elle avait passé trop de temps à leur contact. C'est en tout cas ce qu'elle présumait, de façon radicale et péremptoire. Non. Gaëlle, c'était les gars qu'elle fréquentait. Des vrais, des purs, des comme son frère – ayant conscience qu'ils n'étaient pas légion –, des qui ne faisaient semblant de rien, des qui agissaient parce qu'ils aspiraient avec pudeur à un monde moins dégueulasse pour les faibles et les laissés-pour-compte.

Un monde dans lequel l'individu se battrait pour des causes au-dessus du nombril et défendrait des valeurs autres que celles, toxiques et obsolètes, de la société de consommation. Un monde dans lequel on ne chercherait pas coûte que coûte à « mentaliser l'autre en mode intrigant » – ainsi parlaient les bimbos du lycée –, dans la perspective de le séduire, de coucher avec puis de s'en glorifier.

Ce rejet des normes féminines s'était manifesté peu avant ses cinq ans. Cette année-là, Gaëlle, Arthur et leurs parents avaient emménagé dans un petit village, près de Rennes ; un vrai paradis – pour eux qui aspiraient à une vie au calme –, peuplé d'à peine deux cents habitants. Le nombre d'enfants de son âge était très limité. À l'école primaire, Gaëlle était la seule fille. Ce que d'autres auraient perçu comme un privilège, elle l'avait vécu comme un martyre. Est-ce par mimétisme, par peur d'être repoussée ou bien par désir de se fondre plus facilement dans cette communauté exclusivement masculine, qu'elle avait demandé un jour à sa mère de lui passer la tondeuse dans les cheveux, comme celle-ci le faisait pour son frère aîné ? Y avait-il, dans cette décision, une motivation plus profonde, dont la petite fille n'avait pas conscience ? Elle n'aurait pas su le dire. En secret, elle souffrait d'être différente des enfants qui l'entouraient et dont la cruauté confinait certains jours au harcèlement. Ils la brimaient, sous prétexte de jeux sots et grossiers – le fameux « Dis camion, pouet pouet » –, lui pinçant la poitrine, tirant sur ses nattes comme s'ils sonnaient les cloches ou bien lui arrachant les rubans que sa mère avait noués dans ses cheveux. Cette dernière, la mort dans l'âme, avait consenti aux cheveux courts, à condition de n'utiliser le sabot de la tondeuse qu'au cran le plus long, stratagème dont elle avait usé afin que sa fille ne soit pas rasée à blanc – comme l'étaient la majorité des garçons du voisinage –, et conserve ainsi l'aspect bouclé, même très court, de sa magnifique chevelure. Leur père était plutôt ouvert, mettant un point d'honneur à élever ses deux enfants, nés à treize mois d'écart, sans distinction de genre. Il laissait le frère et la sœur jouer aussi bien à la poupée qu'à Dragon Ball Z. Gaëlle et Arthur lui en étaient reconnaissants. Leur mère, en revanche, ne voyait pas la métamorphose de sa fille d'un très bon œil.

C'est également à cette période que Gaëlle avait troqué ses robes de fillette contre des tenues sportives. Elle occupait ses journées oisives à construire des cabanes dans la forêt avec son frère et parfois leurs nouveaux copains – elle avait gagné leur respect en adoptant leurs codes et en imposant son style androgyne –, allait pêcher dans les rivières ou participait aux tournois de chevaliers qu'Arthur mettait en scène sous forme de spectacles. À la boulangerie, dès qu'une nouvelle vendeuse était engagée, Gaëlle avait à coup sûr droit à un « Vous désirez, jeune homme ? » qui la troublait. Sans doute cette petite phrase anodine lui signifiait-elle sa victoire sur les férocités de la cour de récréation, où elle avait en peu de temps fini par régner. Une victoire qui donnait à l'adolescente qu'elle devenait l'envie permanente de duper le monde par le jeu des apparences. Flouter les frontières entre l'être et le paraître l'amusait. Elle s'était plainte à Arthur de l'épisode de la boulangerie, prétendument agacée par les paroles de la vendeuse. Ce dernier lui avait répliqué quelque chose comme « T'as vu comment tu te fringues, aussi ? T'es toujours en jogging, avec tes baskets et tes cheveux courts. » Il avait raison. De quoi se lamentait-elle ?

En définitive, il s'agissait pour Gaëlle de rester insaisissable et de ne jamais ressembler à sa mère, dont elle abhorrait et la coquetterie et le regret de ne plus avoir à sa disposition une poupée à habiller, à coiffer, voire à manipuler à sa guise.

Au collège, Gaëlle s'était mise à traîner avec le gang des quatre, une bande de jeunes garçons spécialisés dans le combat de rue, qui alliaient leur côté bagarreur à une cause idéaliste inspirée par le phénomène des black blocs. Des casseurs, disait sa mère. De la mauvaise graine, qui, selon elle, finirait dans des arrière-salles de cafés malfamés, à vider des verres, ou sous les ponts, à se droguer. Ces considérations dédaigneuses avaient envenimé la relation entre la fille et la mère, que Gaëlle taxait de bourgeoise-réac-qui-juge-les-gens-sans-les-connaître, et à laquelle elle rétorquait que l'unique tort de ses amis était de se préparer physiquement à affronter l'atrocité du monde.

Le plus âgé d'entre eux, Loïc, leur enseignait les rudiments du Krav Maga, formation que chacun complétait par des tutoriels en ligne et dont le prolongement s'organisait en *battles* clandestines le premier samedi soir de chaque mois, dans une gare à l'abandon. Gaëlle aimait ces rendez-vous où régnait un esprit d'égalité des chances et des sexes, le Krav Maga n'étant pas un sport de combat basé sur la force ou l'offensive, mais plutôt sur l'agilité, les réflexes naturels et la rapidité d'action. Gaëlle appréciait que cette pratique mette l'accent sur le développement des capacités d'autodéfense et de dialogue avec le corps de l'adversaire. Elle appréciait Loïc aussi, avec qui elle avait vécu ses premières expériences sexuelles, mais pour lequel elle avait refusé de se laisser pousser les cheveux – il l'avait exigé, craignant d'être traité de « pédé » si les gens la voyaient pendue à son bras, avec ses airs de garçonne. Pour éviter cette honte, il lui avait interdit de le toucher ou de l'embrasser dans la rue. Ainsi les deux jeunes gens cantonnaient-ils leurs étreintes à une alcôve poussiéreuse dans un coin de la gare, où un matelas jeté par terre leur servait de couche. Cette défiance avait meurtri Gaëlle, émoussant peu à peu ses sentiments et son désir pour Loïc ; elle avait signé la fin de leur idylle. L'adolescente avait le goût de la pudeur, mais ne possédait pas celui des amours clandestines, encore moins celui des ébats glauques. Lorsqu'elle rentrait de ses entraînements – qu'elle continuait de suivre malgré sa rupture avec Loïc –, Gaëlle racontait à Arthur ses prouesses du jour. Ce dernier l'écoutait avec mansuétude, lui cachant qu'il aurait préféré parler jeux vidéo, lecture ou cinéma ; le sport ne l'intéressait tellement pas !

En fin de troisième, sur les conseils insistants de Mme Harmel – une professeure d'éducation physique dont Gaëlle respectait l'autorité bienveillante –, il avait été décidé qu'elle intégrerait la section sport-études du lycée Bréquigny de Rennes. Loin des pas de son frère – une fois n'est pas coutume – qui avait été orienté vers la voie littéraire avec option théâtre l'année précédente. Les enseignants du collège avaient en effet remarqué chez lui une sensibilité inhabituelle aux grands textes. Après un débat musclé, les parents y avaient souscrit, renonçant à ce que leur fils suive une filière scientifique, dont les débouchés leur semblaient pourtant offrir plus de promesses pour son avenir professionnel. Arthur avait su les convaincre de la nécessité pour lui de pratiquer l'art dramatique, qui revêtait un caractère épanouissant incontestable, essentiel à ses yeux, se gardant dans un premier temps d'affirmer son ambition d'en faire un métier. « Petit à petit, l'oiseau fait son nid », s'était-il défendu auprès de Gaëlle qui s'offusquait de son hypocrisie. Par rebond, leur mère avait bien essayé de persuader la sœur de s'initier également à la comédie, mais sa tentative s'était révélée infructueuse. Il n'était pas question pour l'adolescente de passer des jeux de « guerre », dans une gare désaffectée de la banlieue de Rennes, aux jeux « de l'amour et du hasard » au club de théâtre du lycée. Gaëlle s'y serait sentie parfaitement ridicule. Cette décision tenait d'ailleurs davantage du fait de sa timidité et de son introversion que de son esprit de contradiction vis-à-vis des projections de sa mère. Cette dernière avait espéré que sa fille renoue avec sa féminité en endossant les rôles d'amoureuses ou de jeunes premières du répertoire. Pas même en rêve, du côté de Gaëlle. Sur les planches, il faut exprimer ses émotions, talent pour lequel elle n'avait aucune disposition, elle qui s'émerveillait tant devant son frère lorsqu'il jouait. Ça, c'était jusqu'à l'année dernière, avant qu'il ne tombe subitement malade.

Après la funeste annonce de son père, Gaëlle reste un moment hagarde dans son lit. Puis elle s'enferme dans la salle de bains et se plante face au miroir. Elle y contemple son reflet d'un regard vide, de ces regards dont les abysses défigureraient la beauté elle-même. Incapable de pleurer. S'abîmant à sa vue comme on s'abîme dans la prière. À l'instar de son père : abrutie. Dévastée. Anéantie. Alors, elle ferme les yeux. Si elle pouvait se les crever, elle le ferait. Mais à quoi bon ajouter de l'horreur à la souffrance ? Elle porte ses mains à son visage. Du bout des doigts, elle en explore les bosses, les creux, le contour, essayant d'en mémoriser les moindres détails, et d'en recréer l'image sur son écran mental, comme s'il allait s'effacer à jamais. Arthur et elle avaient inventé ce jeu qui leur permettait de dresser des portraits l'un de l'autre, à partir de leurs sensations tactiles. Une manière pour eux de prendre conscience de leurs différences autant que de leurs similitudes. Ils avaient été surpris de découvrir que les yeux et les mains ne transmettaient pas les mêmes informations à l'imagination. La perception qu'ils avaient du visage de l'autre, lorsqu'ils le sentaient du bout des doigts, leur donnait l'impression d'une surface disproportionnée, comparée à celle observée par le regard. Ainsi, Arthur avait un nez très long, au milieu d'une immense figure, de minuscules oreilles et des arcades sourcilières proéminentes, ce qu'à l'œil nu on ne discernait pas, et qui lui avait valu auprès de sa sœur le surnom de Neandertal. Ils en riaient beaucoup. Gaëlle, quant à elle, avait tout d'une poupée : les pommettes saillantes, des yeux immenses qui dévoraient sa figure, un petit menton pointu fuyant sous des lèvres délicatement ourlées. Une poupée hideuse, à présent que son frère n'est plus là pour la dépeindre.

Gaëlle sort une paire de ciseaux d'un des tiroirs du petit meuble. Depuis quelques mois, Arthur avait rasé le peu de cheveux qu'il lui restait. Par solidarité, Gaëlle avait souhaité faire de même. Être chauve. Mais il le lui avait interdit.

— Une jolie fille comme toi doit avoir une chevelure de princesse, avait-il susurré en lui passant une main fébrile sur la joue.

Une main si maigre, lui qui en avait de si puissantes…

Elle avait respecté son vœu. Pour lui plaire, elle s'était laissé pousser les cheveux. Rien ne lui importait plus que cela : faire plaisir à son grand frère. Il était le seul dont elle acceptait les exigences. Depuis un an, elle passait son temps libre exclusivement en sa compagnie, elle avait renoncé à toute forme de vie sociale, amoureuse et amicale. Personne ne comptait plus à ses yeux que lui. Un jour, sous prétexte de le distraire, elle lui avait proposé de se tondre, afin de lui confectionner une perruque et qu'il crée un personnage auquel il inventerait un destin pour l'incarner dans un seul en scène. Il sillonnerait les chemins de France et de Navarre, puis les routes du monde entier, jusqu'à celle des Oscars, dont il obtiendrait une statuette après avoir réalisé l'adaptation de son spectacle pour le cinéma. Ils avaient ri. Ils avaient rêvé. Ils avaient tiré des plans sur la comète. Mais les forces du jeune homme déclinaient inexorablement et le texte de la pièce n'avait pas vu le jour.

D'un geste mécanique et lent, Gaëlle se débarrasse de ses mèches brunes, les regarde s'écraser sur le sol. Elle n'en conçoit aucun regret ; l'heure n'est pas aux états d'âme. Puis, elle élimine ce qu'il lui reste de chevelure à l'aide de la tondeuse à barbe de son père, pour ne laisser sur son crâne qu'un fin duvet.

Arthur est mort ce matin et Gaëlle est à présent tondue. Il le fallait. Si elle n'avait pas trouvé de ciseaux, elle se serait arraché les cheveux un par un. Quitte à avoir mal. Quitte à se rendre laide. Son apparence physique n'a plus aucune importance. Tandis qu'elle rassemble les mèches éparses sur le carrelage et les dépose dans la poubelle, une phrase lui revient en mémoire : « Être, ou ne pas être, telle est la question ». Son frère lui avait fait découvrir Shakespeare. La lecture de ses pièces le maintenait en vie, disait-il. Ça ne le guérissait pas, mais le souffle de l'écriture poétique lui apportait la vitalité dont il manquait. Par empathie, Gaëlle l'écoutait lui en parler mais, honnêtement, elle n'y comprenait pas grand-chose. Si ce n'est rien du tout. Elle regrettait avec amertume de ne pas être capable de partager avec lui cette passion du théâtre. Arthur ne s'en formalisait pas. Aussi patient qu'exalté, il lui expliquait le sens des textes. Le monologue d'Hamlet, par exemple, questionnait les moyens dont dispose l'être humain pour ne pas subir sa vie : mourir, ou se réfugier dans un autre monde par l'intermédiaire du rêve, du jeu ou de la folie. Ils en discutaient des heures ensemble ; Arthur était intarissable. Le destin ne leur permettrait pas d'y apporter une réponse commune.

« Ne pas être. » Ne plus être, se dit Gaëlle. Qu'est-on lorsqu'on perd son seul frère, sinon personne ? D'un revers de la main, elle ôte les restes de cheveux parsemés sur ses épaules et son décolleté, puis se rince le visage à l'eau du robinet, évitant son reflet dans le miroir. Hier encore, son frère était en vie. Aujourd'hui, comme a dit son père, c'est fini.

Il n'y a pas eu de cérémonie religieuse pour honorer la mémoire d'Arthur. Ses parents, Caroline et Alan Stohellou, ne sont pas croyants. Ceux qui le souhaitaient se sont joints à eux au crématorium, où Alan, dévasté par le chagrin, a prononcé un discours bref, dans lequel il célébrait les qualités du défunt, éloge funèbre émaillé de sa fierté de père d'avoir eu un fils si courageux face à la maladie – une leucémie foudroyante, laissant proches et médecins démunis. Caroline, gorge serrée, voix éraillée, a lu un extrait du *Petit Prince* de Saint-Exupéry, avant de remercier leur entourage pour la bienveillance manifestée tout au long de la terrible épreuve. Puis un cousin a diffusé des chansons sur une enceinte nouvelle génération, pendant que le reste de la famille, les amis et les camarades de lycée défilaient devant le cercueil pour un dernier geste d'adieu, y déposant certains une rose, d'autres un poème, d'autres encore un coquillage, fétiches que l'employé des pompes funèbres a rassemblés dans une boîte en carton, avant de faire glisser le tout vers la pièce d'à côté. Cela a duré près d'une heure environ.

Gaëlle n'a pas souhaité prendre part au rituel, malgré l'insistance de sa mère et de son père. Elle n'a pas dit un mot. Ne s'est pas approchée du cercueil. Ne s'est pas recueillie. Elle ne sait comment qualifier l'émotion qui la traverse et qu'elle ne domine pas. Est-ce seulement de l'humeur ? Non, beaucoup plus que ça : un mouvement de colère, né de sa tristesse endolorie quand elle a compris que l'on ferait un piètre spectacle de la mort de son frère. Un spectacle de larmes, de textes et de musiques qu'il n'aimait pas particulièrement. Où sa mère a-t-elle donc pioché le bouquin de Saint-Exupéry ? Arthur le détestait. Personne n'a pensé à lui demander son avis à elle. Comme d'habitude. Pourtant, elle aurait pu leur indiquer une page des *Sonnets* de Shakespeare qu'un jour son frère lui avait récitée avec ravissement ; il trouvait sublime qu'un homme ait pu dépeindre l'amour ainsi. Cette ardeur, cette intensité. Elle n'aurait pas su lire le poème, mais ça aurait fait plaisir à Arthur qu'un de leurs parents le fasse. Ou un ami du club de théâtre. Sur un air de Chopin, dont il affectionnait les mélodies. Ça aurait eu du sens, ainsi qu'il se plaisait à le dire.

On ne lui demande jamais rien à Gaëlle. On la croit bête ; ce qu'elle est probablement. Et tous ces pleurs… Elle trouve ça pathétique de s'y adonner en public. Les larmes, c'est à l'ombre qu'on les verse, en coulisses, loin du regard des autres. Mais à quoi bon parler de décence avec une mère si prompte à étaler ce qu'elle ressent ? Et un père – peut-être a-t-il raison –, qui ce matin encore affirmait que pleurer permet au corps de libérer des hormones ayant la capacité d'apaiser la souffrance. Il s'inquiétait de l'impassibilité de sa fille.

— C'est aussi efficace qu'une séance de sport, tu sais.

— Qui te dit que j'ai envie d'apaiser ma souffrance ? avait répliqué Gaëlle sèchement.

Leur conversation s'était arrêtée là.

Tandis que sur un écran vidéo l'assemblée finit d'assister à la crémation, un garçon, âgé d'environ sept ans, une peluche à la main, vient s'asseoir à côté de Gaëlle. Le fils d'une des cousines de sa mère.

— On naît, on vit, on meurt, lui murmure-t-il avec candeur.

Intriguée, elle baisse les yeux vers lui, le regarde longuement, avant d'esquisser un sourire sur son visage défiguré par le chagrin.

— Il est super ton dragon rouge, lui répond-elle tout bas.

Dans un élan de pure tendresse, l'enfant lui offre la peluche et s'en va furtivement, se dérobant à la vue de l'adolescente. Lorsque celle-ci se lève, prête à le suivre pour le remercier, il a déjà disparu, emporté par la foule qui se disperse. Il y a des joies comme ça, au milieu du chaos, qu'on ne voit pas venir.

Le soir, Gaëlle dresse la table : trois couverts, quatre chaises. Alan, qui finit de préparer le dîner, remarque l'incongruité, mais ne réagit pas. La douleur a un avantage : elle anesthésie le corps à force de le maltraiter. Il sort un tian de légumes du four et sert le repas en silence. Caroline entre avec un petit paquet de faire-part qu'elle tend à sa fille, afin qu'elle les remette aux copains d'Arthur n'ayant pas pu se rendre au crématorium.

— Je suis pas factrice, lui rétorque Gaëlle, cinglante.

Elle plante sa mère au milieu de la cuisine et revient aussitôt les bras chargés d'une urne funéraire qu'elle installe sur la chaise vide. Fatiguée et lasse, Caroline se contente de soupirer. Que faire ? Que répondre à l'adolescente qui tantôt leur impose ses silences pesants, tantôt les invective avec brutalité ? Elle ne sait plus.

— Il voulait qu'on l'emmène sur l'île d'Aval. Pas qu'on l'enferme dans une case au cimetière, lâche Gaëlle d'une voix pleine de reproches.

En se remémorant la célèbre histoire des chevaliers de la Table ronde, dont ils étaient férus, le frère et la sœur avaient fait une découverte fondamentale : la fée Morgane aurait transporté la dépouille du roi Arthur sur une petite île nommée Aval, afin de l'inhumer au pied d'un menhir. Plus troublant encore : le récit auquel ils se référaient situait ce lieu de dormition en Bretagne, sur la Côte de granit rose... Était-ce par naïveté ou bien pour combattre les idées lugubres que la peur de la mort nourrissait dans leurs esprits ? Les deux jeunes gens avaient pris cette fable au pied de la lettre et avaient formé le vœu que Gaëlle trouve l'endroit et y disperse les cendres de son frère.

— Qu'est-ce que tu racontes ? s'étonne sa mère la voix brisée. Il n'a jamais rien demandé…

— À toi, non ; à moi, oui !

Caroline, désemparée, se tourne vers son mari pour qu'il prenne le relais. Ces affrontements incessants avec sa fille épuisent sa patience et son cœur meurtri. Elle s'en veut de ne plus parvenir à lui exprimer sa tendresse, craignant d'être parvenue à un point de non-retour où seule l'animosité régnerait entre elles. Et puis la ressemblance de Gaëlle avec Arthur l'a choquée, lorsqu'elle l'a vue avec ses cheveux ras. Elle s'est crue victime d'une hallucination, ayant l'impression que son fils lui apparaissait sous la forme d'un revenant. Elle en était arrivée à se demander si sa fille n'avait pas un problème psychologique à vouloir perpétuellement copier son frère. Les médecins qu'elle avait interrogés, lorsque Gaëlle était plus jeune, l'avaient pourtant rassurée. Rien d'anormal. Ça arrive et ça passe, souvent à la faveur des premières relations amoureuses. Que sa fille mutile ainsi sa féminité rendait Caroline malade.

D'une voix douce, Alan explique à Gaëlle qu'il est impossible de répandre des cendres n'importe où, que la loi française ne le permet pas, ajoutant que l'île d'Aval n'existe pas, que c'est une île inventée, une île de légende.

— C'est sa volonté qui compte, riposte l'adolescente butée. Et, si, l'île d'Aval existe, j'ai vérifié. À Trébeurden, dans les Côtes-d'Armor. C'est une propriété privée.

— Raison de plus pour ne pas y aller, ajoute son père en guise de conclusion.

Pour faire diversion, Caroline invite sa fille à manger tant que c'est chaud. Elle souligne le fait qu'il lui faut reprendre des forces, que pour elle la vie continue, qu'ils peuvent se consoler un peu en se disant qu'au moins Arthur a fini de souffrir. Maladresse qu'elle regrette immédiatement. Gaëlle explose : elle les accuse de trahir la mémoire de son frère, de le faire mourir une deuxième fois, de tuer son âme. Elle ajoute qu'elle ne veut plus les voir, qu'elle va aller vivre ailleurs, qu'elle les renie. N'y tenant plus, Caroline s'énerve à son tour et coupe court à la conversation :

— Tant que tu es mineure, tu restes vivre ici et tu fais ce qu'on te dit. Mange !

Excédée, Gaëlle quitte la pièce après avoir renversé sa chaise, vocifère qu'elle n'ira pas à leur inhumation de merde. La colère finit par envahir Caroline qui poursuit sa fille jusque dans sa chambre. Là, Gaëlle ouvre un placard et fourre dans un sac à dos les vêtements qui lui tombent sous la main. Caroline, furieuse, lui ordonne de remettre les affaires de son frère à leur place. Gaëlle l'ignore et continue. Après un court silence, elle demande à sa mère de sortir de la chambre. Caroline s'empare alors frénétiquement des vêtements et les remet sur les étagères, puis se jette sur Gaëlle afin de la déshabiller de force. Elle lui hurle de ne plus porter les vêtements d'Arthur, mais ses vêtements à elle.

— Je fais ce que je veux. Dégage ! lance Gaëlle en la bousculant. Tu aurais préféré que ce soit moi qui meure plutôt que lui, avoue !

La phrase de trop. La goutte d'eau qui fait déborder le vase. Caroline ne parvient plus à se contrôler et lui colle une gifle retentissante. Gaëlle, stupéfaite, se frotte la joue lentement, fige sa haine dans un regard noir.

— Connasse, lui crache-t-elle au visage.

— Excuse-toi ! Tout de suite.

— Dans tes rêves.

Alors, sans plus aucune retenue, les deux femmes s'empoignent avec une extrême violence, tapant, griffant, hurlant. Si Alan, alarmé par leurs cris, n'était pas venu les séparer, les choses auraient pu mal tourner. Abattue, Caroline se met à pleurer.

— Je n'en peux plus de toi, lâche-t-elle en quittant la chambre.

Alan suit son épouse, après avoir demandé à sa fille de se calmer et lui avoir lancé un regard d'impuissance au moment où il tire la porte derrière lui et la ferme à clé. À cet instant, Gaëlle se déteste, autant qu'elle déteste ses parents qui n'accordent aucun crédit à sa parole et persistent à ne pas respecter la dernière volonté d'Arthur. Comme si sa mort ne suffisait pas. Elle se déteste, les déteste et déteste le monde entier.

Sous l'œil vitrifié du dragon rouge en peluche, l'adolescente écoute de la musique au casque. Avec la mine très fine d'un feutre, elle trace sur un papier-calque les bords côtiers de Trébeurden, dont elle a imprimé une carte géographique et qui forment une petite crique autour de l'île d'Aval : l'Île

Grande, la plage de Toul Gwenn, la plage de Mouton et la plage de Keryvon. Elle pose ensuite le papier-calque sur son avant-bras gauche et le perce d'une multitude de petits trous. Pour finir, elle suit les pointillés ainsi obtenus sur sa peau, les reliant les uns aux autres avec la pointe d'un compas, insensible à la douleur et à la vue des perles de sang qui suintent au fil de l'incision. Elle en éprouve au contraire une sorte de soulagement, comme si la tristesse sortait d'elle par les chemins dessinés sur son épiderme, la libérant en partie.

Dans la nuit, après avoir démonté la serrure de la porte de sa chambre, elle traverse en silence la maison endormie, en direction du salon. Là, elle récupère l'urne funéraire qu'elle enfouit dans son sac à dos. Et s'enfuit.

Petit carnet noir

Écrire. Laisser une empreinte de mon passage sur Terre.

Ainsi, ne pas disparaître trop vite. Et me consoler de la solitude dans laquelle m'enferme cette maladie qui me ronge, me sépare de toi, m'emporte un peu plus chaque jour. Me bercer de l'illusion que je te laisse, en héritage, un éclat de moi, un éclat de mes rêves et de mon essentiel. Éclat du frère. Éclat du fils. Éclat de l'artiste que j'aurais pu devenir.

Écrire pour toi, ma Gaëlle.

Je sais que tu n'aimes pas lire. Je t'écris quand même. Ton cœur peut-être appréciera ce que je confie ici. À toi seule. À qui d'autre ? Personne n'a su saisir mieux que toi la profondeur de ma sensibilité et de mon inspiration.

Quand tu me liras, je serai parti. Courage, petite sœur ! Tu as une vie à poursuivre. Ta vie. Nous nous sommes promis que tu la vivrais à deux cents pour cent. Cent pour toi, cent pour moi ! Alors, voilà. À chacun son élan, maintenant : moi vers les étoiles, toi sur le plancher des vaches.

Marche, cours, fonce, vis !
Vis.

Lis-moi lorsque l'envie te prendra.
Et seulement si elle te prend, n'est-ce pas ?
Ne te force pas. Jamais. On n'obtient rien de bon de soi-même – et des autres, pas davantage –, à s'obliger d'agir dépourvu d'enthousiasme ou bien à contrecœur. Tu mérites mieux que ça, sœurette chérie.

Je suis dans ma bulle. Je vais bien, ne t'en fais pas. Je ne ressens plus aucune douleur. Merci la science ! C'est souvent la crainte de ceux qui assistent à la déchéance d'un proche : pourvu qu'il n'ait pas mal. Non. Sois rassurée ! Je ne souffre pas. Je n'ai pas peur, non plus. Je suis en paix. Enfin, non. Pas encore. Pas tout à fait. Ce serait te mentir que d'écrire cela et ce n'est pas mon but.
Vérité. Là est le but.
La sérénité, on verra plus tard. Peut-être. Si j'ai le temps…

Je suis agité par un tas de souvenirs ; je les revois, je les trie, puis je les range dans les plis de ma mémoire. Pour mieux m'en détacher, je suppose, et ainsi faire le vide. Que la mort n'ait rien à se mettre sous la dent !
La perspective de sa venue a cela d'étonnant : elle me contraint à un grand ménage de conscience. La perspective de ma disparition, en tout cas ; je ne sais s'il en est de même

pour chacun. Moi, je m'allège. Je me construis des ailes à partir du néant qui se profile à l'horizon.

Est-ce l'effet de la morphine ? Un mécanisme inconscient de défense pour conjurer l'angoisse ? Ou bien un dispositif surnaturel ? Depuis quelques jours, le film de ma vie défile devant mes yeux dans un désordre chronologique assez déroutant, me rappelant le pêle-mêle d'événements immortalisés par les téléphones portables de nos parents, que nous nous repassions en boucle sur l'ordinateur du salon, comme seuls sont capables de le faire les enfants : inlassablement et jusqu'à les connaître par cœur.

Tu t'en souviens ?

Tel un acteur, le soir de sa dernière, j'aurais envie de les raconter haut et fort, ces souvenirs, de les décrire et de les commenter ; que les mots résonnent contre les parois de mon être, de crainte que le silence qui règne autour de moi me réduise à un esseulement trop absolu pour que je le supporte.

Je n'ai plus la force de parler. De les inscrire dans ce petit carnet, oui.

Et j'écrirai jusqu'à épuisement. Jusqu'à ce que les forces m'abandonnent complètement. J'écrirai pour toi, ma sœur.

En sueur, Gaëlle arpente le couloir d'un TGV à destination de Brest, dans lequel elle est montée à la sauvette et sans réservation en gare de Rennes. Elle s'arrête un moment, afin de reprendre son souffle, balaie le compartiment du regard, en quête d'une place disponible. Le voyage ne dure qu'une heure, elle pourrait le passer debout ou assise sur un strapontin. Mais elle n'a pas dormi de la nuit, alors elle se dit qu'un petit somme lui fera du bien. Le périple ne fait que commencer ; une fois arrivée à Guingamp, elle prendra une correspondance jusque Lannion, où elle cherchera une solution pour se rendre sur l'île d'Aval.

Trois sièges libres s'offrent à sa vue : l'un à côté d'un jeune cadre dynamique en bras de chemise, un casque vissé sur les oreilles et qui bat la mesure avec ses doigts sur la tablette posée devant lui, l'autre à côté d'une adolescente bon chic bon genre en pleine conversation téléphonique. Le troisième est occupé par une quadragénaire tout en contrastes, que Gaëlle – elle n'est pas à un paradoxe près, elle que les attributs féminins rebutent en général – trouve immédiatement fascinante. Visage maquillé avec soin, mais encadré par une chevelure d'un blond suspect ; traits épais, mais auxquels la longue bouche peinte en rose nacré, les pommettes saillantes et les yeux aigue-marine confèrent un caractère slave. Le chemisier à col lavallière en satin de soie blanche – qu'elle porte flottant sur un pantalon à l'étoffe fluide et dont les pattes d'éléphant frôlent des espadrilles à talons compensés, le tout également blanc – lui donne des airs d'ange. Un peu défraîchi, mais un ange quand même. Il ne lui manque que les ailes ! Peut-être sont-elles dissimulées sous le chemisier. Ou tout simplement transparentes. Elle a des bagues à chaque doigt, comme dans la chanson interprétée par Jeanne Moreau, *Le Tourbillon de la vie*. Est-ce la célèbre actrice réincarnée en séraphin ? Le visage pâle de femme fatale en moins, cependant ! Un détail fortuit, tout aussi baroque, complète le portrait de cette voyageuse et retient l'attention de l'adolescente : entre ses mains bijoutées, la femme en blanc tient un livre – les œuvres complètes de Shakespeare – dont la lecture semble l'absorber. La jeune fille est interloquée. Et séduite, en définitive. Outre celui d'*Hamlet*, Gaëlle avait fait répéter un extrait de *La Tempête* à son frère. Le monologue de Prospero. Elle s'en souvient tout à coup. À la fin de la pièce, le héros renonce à ses pouvoirs magiques après les avoir utilisés pour déclencher un déluge contre ses ennemis, ourdir une vengeance et rétablir l'injustice dont il a été le jouet des années auparavant. Le point de vue d'Arthur sur le texte l'avait frappée : il l'avait traité comme une scène de condamné à mort qui se préparait à avaler du poison. Le *Requiem* de Fauré servait de fond sonore à son interprétation. Elle en frissonne. Tous ces souvenirs qui reviennent par ondes fracassantes font éclater sa sensibilité à fleur de peau.

Après s'être ressaisie, Gaëlle s'avance vers la mystérieuse lectrice.

— Y a quelqu'un à côté de vous ? lui demande-t-elle abruptement.

S. Bertrand, Saint-Brieuc, 06… Impossible d'éviter les informations inscrites au feutre noir sur l'étiquette de la relique dorée des années 1980 qui lui sert de sac à main. La quadragénaire sort le nez de son recueil et toise Gaëlle.

— Bonjour ! s'exclame-t-elle d'un air de défi.

Une moralisatrice. Une de plus. Comme si ses parents ne suffisaient pas. Si elle se laissait aller, là, tout de suite, elle lui cracherait son mépris au visage et poursuivrait son chemin sans daigner répondre. Ou bien après avoir décoché un « Bonjour, morue », voire un « Ta gueule, vieille truie » ; en tout cas, une remarque assassine du même acabit. Mais ce n'est pas dans sa nature d'insulter les gens. Le « connasse » qu'elle a balancé à sa mère, hier, est une exception. Ça ne lui est jamais arrivé de traiter qui que ce soit de cette manière. Gaëlle, c'est par le corps que ça passe. D'abord, elle agit. Parfois, elle cogne. Ensuite, elle réfléchit. Après quoi, elle discute. Éventuellement.

Dans cette situation précise, l'enjeu est de taille. Si elle se rabat sur les deux autres places inoccupées, elle prend le risque de craquer. Elle se connaît suffisamment pour savoir que la fille au téléphone et le gars qui bat la mesure sur le bord de sa tablette vont lui mettre les nerfs à vif. Or, il faut qu'elle dorme, faute de quoi elle ne tiendra jamais le temps du trajet. Et Shakespeare, s'il vous plaît ! Elle n'y entend rien, n'a jamais rien lu de lui, mais son frère prétendait qu'il était le plus grand, le plus génial des poètes. Que son théâtre était comme une fenêtre ouverte sur le cœur des Hommes. Mérite-t-il ces écarts d'humeur, de langage ou de conduite ? Et si c'était Arthur qui mettait cette « femme ange » sur son chemin ? Avant de s'éteindre, il lui avait promis de lui envoyer un signe de l'au-delà, qu'il se représentait comme une passerelle semblable à celles qu'on trouve dans les théâtres, de part et d'autre de la cage de scène, et à partir desquelles les machinistes changent les décors pendant les représentations. Ils vont, ils viennent, ils tirent les ficelles de la mise en scène, invisibles aux yeux des acteurs, prestidigitateurs de l'ombre dont les artistes sentent parfois la présence. Des guides protecteurs, en somme. Arthur en est-il devenu un pour elle ? Cette voyageuse est-elle le signe que Gaëlle attend de sa part ? Elle s'agrippe à cette éventualité, rassemble le peu de diplomatie dont elle dispose et grimace un sourire de croisière, s'imaginant que son frère la regarde et que cette amabilité ainsi déployée lui fait plaisir.

— Oui, bonjour, excusez-moi, madame, désolée. Je peux ? dit-elle en désignant la place libre.

Satisfaite, la femme en blanc ramasse la poche en plastique qui traîne sur le siège vacant et la pose au sol. Elle profite du mouvement pour faire un geste de la main à la jeune fille bon chic bon genre assise devant elle et lui demande, d'une voix granuleuse et excédée, d'aller passer son coup de fil depuis la plateforme prévue à cet usage, ce que fait cette dernière, de mauvaise grâce. Cette petite intervention, efficace sans être meurtrière, ravit Gaëlle. Dans sa lancée, la femme en blanc se tourne vers l'adolescente et plante ses yeux bleu ciel dans les siens :

— Quant à vous, si vous voulez faire la gueule, vous avez le droit. On n'est pas obligé de se réjouir en permanence, encore moins d'aimer tout le monde. Mais « Bonjour », « Au revoir », quand on est dans un espace commun, c'est obligatoire. Je suis très à cheval sur la courtoisie, je suis navrée. Pour le reste, on est comme on est ! Chacun fait ce qu'il peut.

Gaëlle acquiesce hypocritement. Pas question de se lancer dans une polémique sur le civisme ou la politesse. Pour obtenir quoi ? D'inféconds soliloques mille fois rabâchés par les adultes de son cercle familial ? Quel ennui ! D'ailleurs – et c'est un autre bon point pour elle –, sa voisine, ayant dit ce qu'elle avait à dire, replonge aussitôt dans sa lecture. Gaëlle, de son côté, s'enfonce dans la banquette – autant qu'on puisse le faire sur ces sièges raides –, pose ses genoux contre le dossier devant elle, ferme les yeux et s'endort instantanément. Elle a cette qualité rare de pouvoir dormir n'importe où, à n'importe quelle heure du jour ou de la nuit, d'un sommeil réparateur inestimable lorsqu'on est, comme elle, une grande nerveuse. Trois quarts d'heure plus tard, elle est brusquement réveillée par des jappements provenant de l'autre bout de la voiture. Un chien renifleur gratte, avec excitation, le baise-en-ville du jeune cadre dynamique, mettant le compartiment en émoi. Gaëlle se penche et aperçoit deux gendarmes sortir du bagage en question un sachet en plastique bourré de cannabis. La quantité leur paraît suffisante pour demander au malchanceux de bien vouloir les suivre. Alors que ces derniers sortent du compartiment, un contrôleur y fait son entrée et réclame les titres de transport. Panique. Gaëlle n'a ni billet de train ni argent. Et, elle n'a pas pensé à vérifier si son sac à dos contenait encore un ou deux joints qu'elle y cachait pour Arthur. Avant son hospitalisation, il arrivait qu'il fume de l'herbe, quand la douleur liée à sa maladie devenait trop insupportable et que les antalgiques ne suffisaient pas. Si elle se fait contrôler, renifler, fouiller, arrêter, c'est la fin du voyage. Il faut réagir. Tout de suite. Profitant de ce que la femme en blanc explore son sac à main pour récupérer sa carte voyageur, Gaëlle retourne subrepticement la poche en plastique qui traîne par terre et laisse glisser au sol les revues qu'elle contient. Puis, elle empoigne ses affaires, quitte son siège avec empressement, sous l'œil contempteur des autres passagers, et se précipite dans les toilettes dont elle verrouille la porte. Là, elle sort l'urne funéraire de son sac à dos, en dévisse le couvercle et en verse le contenu dans la poche en plastique. Son cœur bat la chamade. La sueur ruisselle le long de sa colonne vertébrale. Ses mains sont moites. Mais elle domine la situation. Ses gestes sont mesurés, mécaniques ; sa concentration, infaillible. Elle remet l'urne vide où elle était puis griffonne à la va-vite quelques mots sur un bout de papier exhumé du fond d'une de ses poches de blouson. Lorsqu'elle retourne à sa place, elle croise le contrôleur qui exige son titre de transport. Elle se répand en excuses : elle l'a laissé dans sa valise, à l'autre bout du wagon, elle va le chercher. Au passage, elle pose la poche en plastique – dont elle a noué les anses –, et le mot manuscrit sur la tablette de sa voisine de siège.

S'il vous plaît, envoyez-moi un texto, je vous expliquerai. 06…

La femme en blanc n'a pas le temps de protester. Gaëlle sort de la rame et s'enferme à nouveau dans les toilettes où elle attend que son téléphone vibre.

« Pas envie d'être mêlée à vos problèmes. »

« C'est ce que j'ai de plus précieux, dans ce sac. »

Pas de réponse.

« Je vous recontacte dès que possible pour le récupérer. »

Pas de réponse.

« Merci et pardon de vous déranger. »

Pas de réponse.

« Vive Shakespeare ! »

Pas de réponse.

« Au revoir. »

Une main agite la poignée de la porte et une voix tonne : « Contrôle des billets ! » Gaëlle fourre son téléphone dans sa poche puis s'asperge la tête et le cou avec l'eau tiède du robinet. Afin de dissiper sa fébrilité et son stress, elle secoue avec vigueur ses mains, respire profondément, comme elle a appris à le faire lors de ses entraînements au combat. Pas question de céder à la peur. Elle doit rester précise dans ses actes et trouver une échappatoire. Il y en a forcément une. Elle va improviser, ainsi que son frère le ferait si l'action se déroulait sur une scène de théâtre. Elle se rassure : il s'agit là d'une étape fâcheuse qui trouvera son dénouement. Trop tôt pour déposer les armes. Elle perd une bataille ; elle n'a pas perdu la guerre.

Le train s'immobilise en gare de Saint-Brieuc. L'adolescente n'a pas pu échapper au contrôleur, qui lui dresse une contravention. Et pourtant. Au moment où la porte s'ouvre, sans que le brave homme puisse faire quoi que ce soit, elle lui arrache sa carte d'identité des mains et lui assène un coup de coude dans les côtes, rapide et sec. Puis, elle bondit sur le quai. Hélas, un flux de passagers ralentit sa course, jusqu'à la compromettre tout à fait. Impossible d'aller plus loin. Les gendarmes accompagnés du chien, dont l'attention est attirée par l'agitation des voyageurs et les protestations du contrôleur, l'interpellent. La débandade de Gaëlle s'arrête là. S'apprêtant à descendre à son tour du train, la femme en blanc l'aperçoit, encadrée par le chef de gare et un agent assermenté de la police des chemins de fer, colosse qui l'enserre fermement et entre les mains duquel elle se débat en vain. Leurs yeux se croisent. La quadragénaire est déchirée par l'imploration qu'elle lit dans ceux de cette jeune inconnue, où une profonde détresse a succédé à la colère. Ce regard lui broie le cœur. Elle y voit de la pureté. Une effronterie certes, mais dénuée d'arrogance. Une urgence qui la touche. Un instinct de survie. Soudain résolue à lui venir en aide, elle fait volte-face et, d'un pas vif, va récupérer la poche en plastique qu'elle avait laissée sur le siège. Elle la dissimule dans son sac à main, se hâte vers la sortie et saute in extremis sur le quai, au moment où la porte du train se referme.

Petit carnet noir

Les premiers souvenirs qui me reviennent te concernent, petite sœur.

Nous marchons tous les deux dans la forêt dont le sol est tapissé d'une multitude de ces minuscules clochettes au bleu intense qui signent l'arrivée du printemps. Des muscaris, je crois, que nous veillons à ne pas écraser de nos pas. Que cet endroit est joli, poétique et plein de mystère, avec ses troncs d'arbres moussus de vert, caressés par les jaillissements de lumière crue de la fin du mois de mars, blanche comme celle d'un projecteur de théâtre. Tu as insisté pour passer devant moi, en éclaireuse, parce que c'est toi, cette fois-ci, qui doit choisir l'endroit où nous construirons notre nouvelle cabane, narguant ta frayeur des petites bêtes et de l'inédit pour ne pas paraître froussarde à mes yeux. C'est trop mignon, ton opiniâtreté à vouloir décider du chemin pour me prouver que tu mérites, toi aussi, de rentrer bientôt dans la cour des grands de l'école primaire. Je ne me rendais pas compte à l'époque de l'ascendant qu'avait ma personnalité sur toi. Je t'appelais mon perroquet, tu te souviens ? Car tu répétais systématiquement ce que je disais, le prenant à ton compte, comme si, du haut de mes sept ans, j'en savais plus que toi qui allais en avoir six. Il est vrai qu'à cet âge, une année supplémentaire compte énormément. Il y a ceux qui croient encore au Père Noël, c'était ton cas, et ceux, désillusionnés comme moi, qui ont découvert le pot aux roses.

Elle est réussie, cette cabane de ramures, à moitié dissimulée sous les rochers. Un véritable repaire de voleurs, disais-tu. Robin des Bois nous l'aurait enviée, s'il était venu nous rendre visite ! Il aurait sans doute apprécié de pouvoir y prendre une douche (imaginaire évidemment) et une grenadine au bar du salon ; nous avions dressé des cloisons de branchages qui séparaient l'endroit en plusieurs petites pièces, en bons architectes en herbe que nous nous targuions d'être, à l'instar de papa.

Une averse de grêle nous a contraints de nous y réfugier avant qu'elle ne soit tout à fait achevée. Nous nous sommes assis sur notre plancher de fougères et avons profité de cet imprévu pour goûter. C'est l'onctuosité du chocolat au lait qui me revient, tout de suite. Et le croquant des cristaux de sel du beurre de nos tranches de pain. Un petit régal simple qui me manque, tu n'as pas idée…

Tu m'as demandé de te raconter une histoire. Une histoire terrible, qui foute les chocottes. On serait des hors-la-loi, comme Robin des Bois et ses compagnons, dans la forêt de Nottingham, poursuivis par une horde de chiens et de soldats féroces. Ou bien on aurait été abandonnés par nos parents et on devrait survivre tout seuls dans la forêt, un peu comme le Petit Poucet et ses frères. Tu voulais une histoire inventée, pas une histoire que tu connaisses déjà. J'avoue que j'ai un peu triché ce jour-là, je te demande pardon. Je n'avais pas autant d'imagination que toi, en réalité. Je compensais ce défaut, dont je ne me félicitais pas, par le fait d'avoir une excellente mémoire. C'est vrai. C'est un don que j'avais. À peine avais-je lu la page d'un livre que je la connaissais par cœur. Quelle chance pour l'école ! Et le théâtre…

Plutôt qu'une histoire qui nous fasse peur, j'ai choisi de te raconter une légende que j'avais lue le matin même et que je trouvais belle. Une légende qui dit qu'un jour, alors qu'elle se promène dans la forêt, la duchesse Anne de Bretagne surprend des chasseurs prêts à tuer une pauvre petite hermine, bloquée entre les fusils et une mare de boue. Au lieu de s'enfuir, l'animal traqué se retourne subitement et regarde ses ennemis dans les yeux, préférant succomber plutôt que de salir son pelage blanc en plongeant dans la boue. La duchesse ordonne alors qu'on lui laisse la vie sauve et salue la bravoure de l'hermine d'avoir osé faire face à son destin. De là serait née la devise du peuple de Bretagne : « Plutôt la mort que la souillure ! »

Je ne sais pas pourquoi cette fable me revient plus qu'une autre. Nous nous en sommes raconté tellement. Peut-être est-ce parce que subsiste en moi la fierté d'être breton, dans cette vie-là. Peut-être parce que la mort ne nous fait pas entièrement renoncer à ce que nous avons été et nous demande de garder dans notre jeu d'âmes quelques atouts caractéristiques. Peut-être parce que cette hermine, c'est toi. Battante, intègre, hardie. Je ne sais pas. Tout comme j'ignore ce qui m'attend après cette anamnèse.

Ah… ce parfum d'humus, dans la forêt, après la giboulée ! Rien de tout cela, dans ma bulle stérile. C'est brumeux et ça ne sent rien, ici. Pas même les arômes mouillés du brouillard. Rien. La mort qui rôde n'a pas d'odeur.

De nuit comme de jour, c'est gris, un bureau d'officier de police judiciaire. Gris de paperasses poussiéreuses – procès-verbaux, plaintes, rapports d'interventions – empilées en désordre sur un mobilier défraîchi. Les interrupteurs, les prises électriques, la coque et même les fils des ordinateurs, tout est gris. Probablement parce que personne ne s'y trouve pour se réjouir. Rêver, encore moins. On est là pour recueillir les doléances, rédiger des comptes rendus, sévir s'il le faut. Le gris garantit l'ennui de rigueur. Le commandant Petitbois lui-même est gris. Mine blafarde, malgré un embonpoint et un visage joufflu, qui laissent croire que l'homme est gourmand. Œil morne, signifiant une nette tendance à la dépression. Uniforme impeccable mais sans éclat, dont les bleus – pétrole pour le pantalon et glacier pour le polo – semblent délavés alors qu'ils ne le sont pas. L'humeur terne de cet homme déteint sur sa tenue et flétrit son aura.

Gaëlle a passé la journée au commissariat, où elle a reconnu les faits et n'a pas plaidé sa cause. Elle détesterait être prise pour une victime. Elle n'en est pas une. Elle assume tout : la fugue, l'infraction, les coups. Bien sûr, elle ne révèle rien de ses motivations profondes, ni de ses intentions. Ils sont gris, mais malins, les officiers de police. Très malins. Gaëlle se méfie, donc. Elle s'est sincèrement excusée auprès du contrôleur : elle l'a frappé parce qu'elle s'est affolée et a perdu son sang-froid. Elle a consenti à ce que ses parents, prévenus dès son interpellation, paient la contravention, afin d'être autorisée à retourner chez eux. Ces derniers ont fait la route depuis Rennes pour venir chercher leur fille « arrêtée à Saint-Brieuc pour violence aggravée » leur a-t-on dit au téléphone. Ils sont abasourdis.

Le commandant Petitbois les accueille avec froideur. L'intimidation est une stratégie qui fonctionne dans la plupart des cas de délinquance. Toute récidive entraînera un avis au Parquet des mineurs et un probable placement de leur fille en centre éducatif fermé. Face à l'émotion du père – la mère a l'air totalement sidérée – l'officier de police reformule sa phrase pour que les mots percutent les esprits.

— Maison de redressement, si vous préférez, lance-t-il en les fixant de son regard maussade.

Tandis que la mère de Gaëlle s'essuie le nez dans un mouchoir en papier, qu'elle s'est au préalable passé sous les yeux pour en absorber les larmes, le commandant Petitbois, imperturbable, se tourne vers l'adolescente :

— J'espère ne plus jamais entendre parler de toi.

Il se lève avec mollesse, ouvre la porte de son bureau, fait un bref signe de tête à la jeune fille et aux parents, leur indique le bout du couloir, à droite. Puis, il les invite d'une voix monotone à voir avec le chef de poste à l'accueil pour récupérer carte d'identité et effets personnels. Oui, tout est gris dans les bureaux de la police ; l'image et le son. Alors qu'elle suit ses parents dans ce couloir cafardeux, Gaëlle frémit, soudain traversée par l'angoisse. Elle n'a pas réfléchi à la mission qu'elle s'est assignée, elle n'en a pas eu le temps ; elle est partie sur un coup de tête, craignant que la situation lui échappe, la bloque, la laisse impuissante. Face au regard inflexible de l'agent qui lui tend sa carte d'identité, Gaëlle est pétrifiée. Et si elle finissait en prison, parmi les criminels qui, livrés à leurs pulsions, réfléchissent aux conséquences de leurs actes après coup ? Est-ce mal de désobéir à la loi, sous prétexte de respecter une promesse ? Est-ce bien, au contraire ? Elle se sent confuse, tout à coup. Perdue. Elle ne sait plus. Faut-il vraiment remâcher tout ça et se laisser polluer par le remords ? Le mot « nécessaire » lui traverse soudain l'esprit. Provient-il de l'intérieur d'elle-même ou bien d'une bribe de conversation qui a lieu dans un bureau adjacent ? « Nécessaire… » Oui, c'est ça. Ce qu'elle fait n'est ni mal ni bien, c'est nécessaire. Elle se ressaisit. À son tour, elle dévisage le policier. Elle ne se laissera pas intimider. Elle a promis, elle agit. Elle n'a qu'une parole. Elle ne trahira pas Arthur. Elle ne peut pas. Ce n'est pas dans ses valeurs. Enfant, elle a épousé le code d'honneur des chevaliers qu'elle incarnait dans les spectacles de son frère, pour adopter, adolescente, celui du Krav Maga. Elle n'en dérogera pas.

Le jour suivant, la famille Stohellou est réunie au Columbarium du cimetière de Rennes. Gaëlle est très tendue. Avant de partir, elle a tenté de contacter la femme en blanc par téléphone, mais n'y est pas parvenue. Même si elle voit dans cette rencontre un lien avec Arthur et un signe qui l'aurait poussée à choisir cette femme pour lui confier les cendres de son frère, il lui arrive d'être secouée par des déflagrations de doute. Cette dernière a-t-elle bien récupéré le sac dans le train ? L'a-t-elle conservé ? Vit-elle réellement à Saint-Brieuc, comme l'indiquait l'étiquette sur son bagage ? Gaëlle parviendra-t-elle à la retrouver ? Tiendra-t-elle sa promesse ? Toutes ces questions la tenaillent à en devenir folle. D'autant qu'elle n'en laisse rien paraître et ne peut se confier à personne.

Alors que le fossoyeur referme la niche dans laquelle a été inhumée l'urne funéraire, Caroline passe derrière sa fille et l'enlace. Parce qu'une maman ça pardonne ; cette maman-là, en tout cas. Gaëlle la repousse brutalement. Elle s'est jointe à cette cérémonie pour dissiper tout soupçon sur son projet, personne d'autre qu'elle ne devait porter l'urne vide. Mais la tendresse n'est pas incluse dans ce simulacre. Le pardon, non plus. Jamais. Comment pourrait-elle un jour ne plus haïr ses parents, sa mère surtout, dont l'affection cache une tyrannie malsaine ? Devrait-elle manifester plus d'indulgence à son égard ? Au nom de quoi ? De l'amour filial ? Madame décide de tout, en permanence, et son père laisse faire, tel un lâche. Non, non. Ils refusent d'accéder à la dernière volonté de leur fils. Conclusion : ce sont des monstres.

À l'écart de celles et ceux qui entourent sa famille, Gaëlle continue de ruminer les raisons de sa colère, quand une petite voix sortie de nulle part s'élève en elle : « Et si le monstre c'était toi ? Un monstre d'égoïsme, immature, irresponsable. Incapable d'aimer. Un monstre bon à rien. » Ces mots imaginaires, dont elle ignore l'origine et ne maîtrise pas la portée, ont l'effet d'une décharge électrique dans son cerveau. Soudain, elle se met à donner de violents coups de pied dans le monument cinéraire, des claques, des coups de poing, des coups d'épaule. Son père tente de l'attraper par le bras, mais elle lui échappe en poussant un hurlement, enjambant les tombes, courant dans les allées du cimetière. Hors de contrôle, elle renverse ensuite des poubelles avec une véhémence inouïe, et crie jusqu'à se casser la voix. Puis elle tape contre un poteau dont la chute inopinée fait disjoncter l'ensemble du bâtiment mortuaire et endommage les sépultures sur lesquelles il se fracasse. La famille et les amis encerclent l'adolescente – dont les nerfs sont brisés – et tentent de la calmer. Ils échangent des regards pour certains très inquiets, pour d'autres, horrifiés.

Gaëlle trouve sa mère pitoyable. Et indécente. Depuis son enfance, leur mésentente n'a fait qu'empirer. Bien sûr qu'elle a perdu son fils. Bien sûr que la vie lui demande de supporter l'insupportable, mais cette façon qu'elle a, en permanence, d'exposer sa tristesse lui répugne. Invariablement. Si les vies antérieures existent – ce à quoi Gaëlle croit depuis qu'elle a vu un reportage troublant sur l'histoire d'un jeune garçon écossais qui évoquait avec précision des faits de sa vie passée –, elle est certaine que sa mère a été pleureuse professionnelle dans la Grèce antique ; elle en a gardé un goût obscène des larmes et du psychodrame.

« Violente, oui. Physiquement et verbalement. Et elle se fait du mal à elle-même. Nous ne savons plus quoi faire, docteur. » Caroline est secouée par des spasmes de sanglots qui lui brident la voix. Et c'est reparti, se dit Gaëlle. Le psychiatre du centre hospitalier de Rennes, dans le bureau duquel ils sont assis, se tourne vers le père. Alan prend la relève et résume la situation : outre son extrême nervosité et les scarifications qu'elle fait subir à son corps, cela fait deux jours que Gaëlle ne communique plus avec eux et refuse de s'alimenter. Le médecin les rassure, un brin péremptoire derrière sa barbe collier d'une autre époque, ces réactions sont assez courantes chez les jeunes personnes ayant subi un choc psycho-émotionnel. Il pose son regard sur Gaëlle, plein de son expérience en la matière, et lui demande si elle s'entendait bien avec son frère. L'adolescente garde les yeux tournés vers la fenêtre à travers laquelle elle observe les nuages qui tapissent le ciel ; elle y cherche des formes originales, sourde au monde qui l'entoure. Le silence dans lequel elle reste murée, délibérément, est sa façon de punir ses parents. Seul moyen de pression qu'elle ait trouvé pour les faire changer d'avis au sujet des cendres de son frère. Alan répond à sa place : Arthur et Gaëlle avaient une relation fusionnelle très forte.

— Jumeaux ?

— Non. Mais tout comme.

— Je vois.

Après avoir écrit quelques mots sur une feuille de papier, le psychiatre leur explique que quelques semaines de repos, dans le cadre d'une hospitalisation, aident en général les jeunes dans son cas à se réapproprier leur vie. Le personnel médical assure un suivi thérapeutique doublé d'une camisole chimique, dont l'objectif est d'éviter que les patients ne soient submergés par l'angoisse, voire mettent leurs jours en danger. Ça prend du temps, mais produit des effets souvent bénéfiques. Ici, elle sera entre de bonnes mains. Ici, ils veilleront à sa sécurité. Ici, elle ne risquera rien. Puis il invite les parents anesthésiés à passer dans le bureau de sa secrétaire pour remplir le dossier d'admission.

Gaëlle n'a rien perdu de la scène malgré son indifférence feinte. Prenant tout à coup conscience de ce que ses parents s'apprêtent à faire – dont elle n'a rien anticipé, captive des rouages de son chantage affectif –, elle se rue sur la porte afin de s'échapper. En vain. Un infirmier la neutralise et la ramène dans le bureau du psychiatre. Elle se débat, hurle qu'elle ne veut pas être hospitalisée, supplie, s'excuse, promet de faire des efforts. Trop tard. Ses parents signent son admission, saluent le docteur et sa secrétaire puis s'en vont, le cœur ravagé.

Barreaux aux fenêtres. Ambiance de mort. Glauquerie totale. Gaëlle est prise à son propre piège. Sa tentative pour faire céder ses parents a échoué. Elle doit se rendre à l'évidence et échafauder un nouveau plan d'action. Une fois n'est pas coutume : elle va essayer de réfléchir. Pas question de rester prisonnière de cet hôpital.

Avant toute chose : sortir son téléphone portable et un stylo de sa poche de blouson, puis inscrire le numéro de la femme en blanc sur son poignet qu'elle recouvre de sa manche. Éteindre le téléphone, récupérer la carte SIM, la glisser dans sa chaussette. À peine a-t-elle remis sa chaussure qu'une infirmière entre dans sa chambre. Superbe Antillaise à la peau dorée, aux cheveux lissés avec soin, tirés en un chignon bas, au corps moulé dans sa blouse et qu'on devine sculptural. Ce physique étonnant pourrait la rendre séduisante – Gaëlle n'est pas attirée par les femmes, mais elle en apprécie allègrement la beauté –, si elle n'avait pas cette vilaine moue qui lui donne un air de dépit permanent, hautain et suffisant. À la demande de l'infirmière, Gaëlle vide ses poches, un petit sourire narquois aux lèvres.

— Et si je veux passer des coups de fil personnels ?

— C'est interdit.

— On se croirait en prison.

— En isolement. C'est pour votre bien.

— Le mien ou celui des autres ?

— Les autres ne nous intéressent pas, ici. Le sac.

Gaëlle vide le sac à dos dans lequel sa mère a entassé des vêtements qu'elle ne porte plus depuis un siècle, ainsi qu'une trousse de toilette. Du fond d'une poche, elle exhume deux joints que l'infirmière récupère sans broncher et un livre, forcément à Arthur. *Lettres à un jeune poète* de Rainer Maria Rilke.

— Ça, vous pouvez le garder.

L'adolescente frémit. C'est idiot, mais pouvoir conserver avec elle un objet ayant appartenu à son frère lui chavire le cœur. Pour un peu, elle embrasserait l'infirmière. Cette dernière, qui ne soupçonne pas un instant l'enthousiasme secret qu'elle suscite, remplit un verre d'eau et tend des médicaments à Gaëlle.

— C'est quoi ?

— Des tranquillisants.

— J'en ai pas besoin.

Après avoir déposé verre et cachets sur la table de chevet, l'infirmière croise les bras sur son opulente poitrine et toise la jeune fille, telle une geôlière. On l'a avertie que la demoiselle était une bagarreuse, ce qui ne l'impressionne absolument pas. Elle la prévient, elle ne partira pas tant que Gaëlle n'aura pas pris les comprimés. Elle n'a pas non plus l'intention d'appeler deux collègues à la rescousse pour employer la force. Les docteurs savent ce qu'ils font, tout le monde est là pour l'aider, si elle coopère, son séjour se passera bien, elle est certaine qu'elle est une fille intelligente, qu'elle comprend tout ça. L'infirmière enchaîne ses bonnes paroles avec un délicieux accent des îles. Son personnage, à l'allure et au discours stéréotypés, amuse l'adolescente. Sa posture de matonne lui signifie néanmoins qu'il faut entrer dans le jeu. Pas le choix. Résister ne servirait à rien. Se la mettre à dos, encore moins. Au contraire. Il faut s'en faire une alliée. Alors Gaëlle se remémore les talents de comédien d'Arthur. Même si elle n'a jamais pratiqué le théâtre, sauf petite fille, il suffit qu'elle s'imagine être lui et un changement s'opère : elle devient actrice de sa propre vie. Elle fait ça dès que l'angoisse l'étreint. Un procédé assez efficace qui lui permet d'improviser en toutes circonstances. Une sorte de bouée de sauvetage. Une façon de vivre à distance de soi-même, sans se perdre de vue. Là, elle joue à céder face à l'autorité. Elle joue à baisser les yeux et à se tordre les doigts. Dans un soupir, elle joue à ramasser les médicaments, à les mettre à contrecœur dans sa bouche, à les avaler avec une gorgée d'eau, en grimaçant. La belle Antillaise n'est cependant pas dupe. Elle lui fait ouvrir la bouche et soulever la langue sous laquelle sont de fait dissimulés les cachets, que la jeune fille se voit contrainte d'ingurgiter. Satisfaite, l'infirmière n'ajoute rien et quitte la chambre – elle a pour elle de ne pas être infantilisante. Gaëlle lui en sait gré ; elle a entendu assez de mauvais sermons ces derniers temps. Une fois seule, elle se rue aux toilettes et se force à vomir les comprimés, puis se rince la bouche. Enfin, elle retourne dans sa chambre et s'affale sur le lit.

Coup de blues soudain.

Elle voudrait qu'Arthur soit là. Elle voudrait qu'il lui parle, qu'il guide ses pas comme il l'a toujours fait, qu'il la rassure, l'encourage. Arthur. Son visage émacié. Ses yeux fiévreux. Sa voix éraillée. Elle revoit la dernière journée qu'elle passe à l'hôpital en sa compagnie – leurs parents sont partis dormir un peu. Il est inconscient. Elle lui tient la main, lui parle doucement, lui récite une fable de La Fontaine qu'ils ont apprise ensemble, allongés tête-bêche en haut du lit superposé, les pieds à plat sur le plafond. Elle énumère le programme de la prochaine saison de la Comédie-Française. Il avait tellement envie d'y aller... Où est-il à présent ? Y a-t-il une vie après la vie ? Lui parle-t-il sans qu'elle puisse l'entendre ? Les défunts ont-ils la possibilité de rester auprès des vivants, tels des anges gardiens ? Cette croyance la fait tenir debout. Elle ne la délivre pas de son affliction, n'atténue pas l'affreuse sensation du manque – Gaëlle est obligée d'admettre qu'elle est détruite intérieurement –, mais ça l'aide à se figurer qu'il y a une vie après la vie. Désormais, tenir sa promesse est son unique moteur. Sa raison d'être.

Elle laisse sa pensée vagabonder un long moment. Puis, son regard se pose sur le recueil des *Lettres à un jeune poète*. Une lecture dont Arthur ne lui a pas parlé. Ou bien elle a oublié. Gaëlle ne le lira pas, elle n'en est pas capable. Elle va buter sur des mots incompréhensibles jusqu'à se sentir humiliée, décrocher toutes les deux lignes et devoir revenir en arrière, ce qui l'agace. Pour elle, lire, c'est perdre son temps.

Soudain inondée par une vague de nostalgie, elle ramasse le livre, le feuillette, en ouvre des pages au hasard, y dépose des baisers, hume leur arôme d'encre et de poussière. Cet objet, Arthur l'a touché, il l'a respiré, il l'a médité. Si seulement elle aimait lire. Elle pourrait recréer sa présence en s'intéressant à ce qu'il appréciait : les romans, la poésie, les pièces de théâtre. Ce serait une façon de le retrouver à travers ses passions. Mais comment trouver le goût de la lecture quand on ne l'a pas ? Peut-on s'y entraîner ? Lire un peu chaque jour, comme on fait des abdominaux ou du gainage ? Une phrase ou deux, puis un paragraphe, un chapitre ? Laisser passer les termes qu'on ne comprend pas, ou bien leur inventer un sens qui nous arrange, voire ramper vaillamment jusqu'au dictionnaire pour en découvrir la définition et tenter de la comprendre ? Ça, elle devrait pouvoir le faire, quand même. Un jour, peut-être…

Une des pages est cornée, elle s'y arrête machinalement et découvre qu'un passage est souligné au crayon de papier.

Gaëlle est prise d'une vive émotion. Il lui semble qu'elle entend la voix d'Arthur murmurer : « Aimez votre solitude, supportez-en la peine, et que la plainte qui vous en vient soit belle. »

Un étau de chagrin lui comprime la poitrine. Oui, il l'a laissée toute seule. Avec un sac de cendres et un livre pour seul héritage. Et les souvenirs de leur enfance, dont elle sait qu'ils vont s'éloigner d'elle, s'effacer au fil du temps de façon irrémédiable, et la laisser à jamais inconsolable de toute une vie qu'ils n'auront pas vécue ensemble. Seule face à son destin. Dans la vacuité du présent. Elle n'y a pas été préparée. Qui le serait ? Pour faire passer la douleur, Gaëlle s'allonge, ferme les yeux et s'endort instantanément, attendant du sommeil qu'il desserre l'étreinte de sa tristesse et lui inspire un moyen de sortir de cette prison.

Elle doit s'enfuir.

Elle n'a pas le choix.

Elle a une mission à accomplir.

Petit carnet noir

Je n'oublierai pas le bonheur de cet été-là.

Nous nous battions avec des épées de bois dans le jardin en friche. Derrière nous, papa supervisait le chantier de la maison où les ouvriers venaient de poser les panneaux de chanvre pour en isoler les murs extérieurs. « Elle sera plus résistante encore que celles des trois petits cochons » avait-il lancé en riant. Nous avions exigé qu'elle soit « fabuleuse et resplendissante, comme le château de Camelot ». Tu te souviens ?

Le Noël précédent, nous avions obtenu une panoplie complète des chevaliers de la Table ronde. Excalibur, l'épée magique du roi Arthur, était l'enjeu de nos joutes, dans lesquelles tu incarnais tantôt Lancelot, mon frère d'armes, tantôt Mordred, mon fils maléfique. Bien sûr, j'avais physiquement le dessus, mais mon plaisir était de te laisser gagner ; j'aimais voir naître un sourire irrépressible sur ton visage de poupée et luire l'incandescence de la victoire dans ton regard.

De cette période, je garde en mémoire le spectacle que nous avions inventé à partir de la légende de Merlin. De tous nos partages, un de mes moments préférés. Je revois ta tête de chaton, ton petit museau sur lequel j'avais collé un postiche de barbe blanche. J'entends à nouveau l'étonnement de maman qui te demandait pourquoi tu ne préférais pas interpréter Morgane ou la fée Viviane, « ce sont de beaux personnages aussi, des femmes avec de vraies personnalités » avait-elle affirmé. « Parce que Merlin est le plus fort » avais-tu répliqué avec l'arrogance de la petite fille fougueuse que tu étais. « Il a tous les pouvoirs magiques ! »

Nous avions aménagé la grange des grands-parents en théâtre, afin d'y mettre en scène le couronnement du roi Arthur, que j'incarnais évidemment. Tu haranguais le public, composé de cousins, de voisins, de parents, leur imposant de répéter en chœur après toi un « Vive le roi Arthur ! » et de couvrir l'événement d'applaudissements.

Je suis ému qu'au crépuscule de ma vie notre innocence me reste. Notre insouciance également. Si les films de nos existences sont archivés quelque part dans l'univers, alors je veux pouvoir redécouvrir ces images et me nourrir indéfiniment de nos jeux, de l'éclat malicieux de nos yeux, de la complicité qui était la nôtre. Je sais que pour toi ce bonheur est à jamais révolu, laissant place à la tristesse. Pour le moment, du moins… Cela m'est pénible d'imaginer que tu n'es qu'un océan de pleurs, sombre et impétueux, en permanence à marée haute. Que ton cœur de vivante devienne mon tombeau me tourmente.

Mais j'ai confiance en toi, en la pulsion de vie qui t'habite. Tu parviendras à surmonter ta détresse et la désolation que laisse mon absence. Tu vas trouver un sens à ton existence. J'en suis persuadé, petite sœur.

Puisque tu sais où est l'île d'Aval, je n'ai aucun doute sur le fait que tu trouveras le moyen d'y répandre la poussière de mon corps, quand le moment sera venu. Je regrette un peu de t'avoir fait promettre de respecter cette ultime volonté. Mais je crois que j'en aurai vraiment besoin pour me sentir délivré du fil de mon histoire. Ce rituel nous libérera l'un de l'autre.

Les jours qui suivent son hospitalisation, Gaëlle fait profil bas. Elle joue le jeu du personnel soignant, sans toutefois avaler les médicaments qu'on lui prescrit, matin et soir. Jouer, elle sait faire. Elle est prête à tout pour sortir d'ici, soutenue par ce goût du défi qu'elle a cultivé tout au long de son enfance (voire au-delà, si elle est tout à fait sincère), lorsque son frère et elle organisaient d'épiques tournois de chevaliers en compagnie des garçons du village. Il fallait s'entraîner, comprendre ses propres failles autant que celles des autres, s'en faire un atout, puis déployer ses forces dans le but de gagner et d'éviter le déshonneur !

Que lui conseillerait Arthur ? Que ferait-il, s'il était dans sa situation ? Allongée sur son lit, les yeux fermés, la jeune fille prend plusieurs grandes et profondes respirations, calme son mental, essaie de convoquer l'image de son frère. « Si j'étais toi… se dit-elle. Comment est-ce que j'agirais ? » Rien ne se passe. Rien ne lui vient. Pas de son, pas d'image. Du vide. Pourtant, ça marchait hier. Elle recommence, autrement. « Si j'étais un des personnages que tu as joués… Je serais… Prospero ? Jacques le mélancolique ? Hamlet ? »

Soudain, des bribes de monologues lui traversent l'esprit, telles des balles tirées en rafales qui lui troueraient la tête – elle qui pensait ne pas avoir la mémoire des textes –, bribes qu'elle déchiffre en simultané, comme s'il s'agissait d'un oracle.

> Est-il en soi préférable de subir
> Le flux, le reflux d'un ignoble destin,
> Ou de lutter contre une mer d'ennuis,
> Afin d'y mettre fin[1] ?

Non. Toute forme d'insurrection serait inopérante dans cet hôpital. Les infirmiers sont nombreux, leur riposte chimique serait redoutable. Pas de combat. Pas de passage en force. Aucun acte violent. Rien de définitif.

> Ô noble fou ! Digne fou !
> La livrée de bouffon est la seule
> vraie tenue[2].

Jouer la démence ? Inopportun. Elle risquerait la camisole de force ou l'isolement total.

> Le monde entier est un théâtre,
> Hommes et femmes, tous ne sont
> que des acteurs ;

Ils font leurs sorties,
ainsi que leurs entrées ;
Et chacun, en son temps,
y joue divers rôles[3].

Jouer. Encore et toujours. Gaëlle ouvre les yeux ; elle est trop agitée pour se concentrer davantage. Ces phrases l'impressionnent. Elles l'effraient même, parce qu'elle ne les a pas apprises délibérément, mais par imprégnation, lorsqu'elle faisait répéter Arthur. Elle n'imaginait pas avoir autant d'expressions poétiques au fond d'elle. En aurait-elle davantage ? La mémoire est-elle un puits sans fond de mots ? Afin de calmer la confusion que cette expérience inédite fait naître, elle se raconte que c'est peut-être son frère qui les lui souffle, ces répliques. Pour lui indiquer la marche à suivre, lui montrer le chemin, la faire réfléchir avant d'agir. L'idée est encore plus saugrenue que d'avoir involontairement retenu des fragments de textes, mais est-elle à une incohérence près ?

Il y a forcément un moyen simple de partir d'ici. Être diplomate ? Arthur l'était toujours. Et négocier sa sortie avec le psychiatre ? Elle l'assurerait de son apaisement, d'un désir de réconciliation avec ses parents… Possible, mais fastidieux. Et ça requiert du temps. Or, du temps, Gaëlle n'en a pas. Qui sait ce que la femme en blanc peut faire du sac de cendres qu'elle lui a confié ? Il faut d'ailleurs qu'elle reprenne contact avec elle au plus vite, en espérant qu'il ne soit pas trop tard. Voler une blouse et se faire passer pour un infirmier ? Elle paraît trop jeune, personne ne serait dupe. Elle va aller marcher dans les couloirs et cogiter. Une solution finira bien par s'imposer.

Pendant plusieurs jours, Gaëlle observe les allées et les venues, les faits et les gestes, les entrées et les sorties. Spectatrice discrète, se rendant invisible où qu'elle soit dans l'unité psychiatrique, elle mémorise les codes et élabore un plan avec une précision diabolique. Un soir, profitant de la pause-café rituelle des infirmières dans l'espace de détente, elle se glisse subrepticement dans leur bureau, fouille dans les tiroirs, les armoires, avec l'agilité d'un renard. L'entraînement aux sports de combat a cela de précieux, il avive l'instinct. Sur la table, elle récupère un téléphone portable en charge et une poignée de pièces d'un euro accumulées dans un bocal. À l'intérieur d'un casier : une carte magnétique similaire à celles qui ouvrent les portes. Sur le rebord de la fenêtre : des oreillettes avec un fil, très utiles pour écouter de la musique. En un temps record, elle se constitue le parfait petit bagage de la fugitive. Alors qu'elle glisse son butin dans ses larges poches, elle entend des pas et une voix dans le couloir. C'est Jenny, la plantureuse Antillaise. Si elle découvre Gaëlle dans le bureau, elle ameutera toute la clique. Ils l'enfermeront à clé dans sa chambre et l'abrutiront de calmants par intraveineuse. Alors, adieu l'évasion. Adieu la femme en blanc. Adieu sa promesse à Arthur.

Gaëlle balaie la pièce d'un coup d'œil circulaire, cherchant une échappatoire à sa situation. Pas d'autre porte. Fenêtre à barreaux. Aucune issue. Se glisser sous le bureau ? Trop à vue. Dans le casier ? Trop étroit. Les pas se rapprochent. Que faire ? Comment sortir de cette impasse ? Un malaise monte en elle. Elle se fait pitié d'échouer si près du but. Que ferait Arthur dans une telle situation ? Vite. Hamlet. Être lui. Improviser. S'accroupir, prendre sa tête entre ses mains, arrêter de respirer jusqu'à suffoquer. Gaëlle joue la défaillance, à défaut de jouer la folie. Jenny entre dans le bureau, une tasse de café à la main. Elle pousse un cri, le visage figé dans une expression de stupeur lorsqu'elle découvre Gaëlle écarlate et à moitié évanouie. Apitoyer, geindre, se lamenter. Arthur lui avait expliqué qu'en comédie, il faut être spécifique dans son intention : « Tu dois agir sur ton partenaire, l'influencer jusqu'à ce que ton personnage atteigne son objectif, quel qu'il soit et quelle que soit la situation dans laquelle il se trouve. Les Américains ont dressé une liste de verbes d'action pour ça. Comme “terroriser”, “soumettre”, “séduire”. On s'éclate à les mettre en pratique ! » D'une voix rauque, Gaëlle râle et se plaint, elle a des vertiges, sa tête va éclater, elle voudrait vomir, mais n'y parvient pas. Elle se sent mal. Très mal, même. Comme si elle allait mourir.

Une fois l'effet de surprise passé, Jenny l'observe, dubitative. Les anxiolytiques administrés aux jeunes causent fréquemment des effets secondaires. Mais en principe, ils se manifestent dès la première ou la seconde prise. Au bout de plusieurs jours, c'est plus rare... N'ayant rien perdu de son flegme, l'infirmière pose sa tasse de café sur le bord de la table, relève Gaëlle à bout de bras et la conduit dans le couloir, jusqu'à une fontaine à eau. Elle lui tend un gobelet et la rassure :

— C'est pas grave. Ça arrive. Il a fait très chaud aujourd'hui. Il faut boire beaucoup dans ces cas-là. Tu dois être déshydratée.

Elle la raccompagne ensuite jusqu'à sa chambre, lui conseille de prendre une douche froide et de se reposer. Elle ouvre la fenêtre pour créer un courant d'air puis lui recommande de boire un verre d'eau tous les quarts d'heure. La jeune fille se confond en remerciements hypocrites. Elle savoure sa victoire.

Dix minutes plus tard, Gaëlle, sac au dos, profite du tour de garde des infirmières pour quitter sa chambre. Il y a toujours un flottement où personne ne surveille. Coup d'œil à droite, à gauche. Rien à l'horizon. Elle fonce droit devant elle. À l'aide de la clé magnétique, elle passe la porte, marche dans le couloir à grandes enjambées, accélère. Issue de secours. Escaliers quatre à quatre. Arrivée en bas, elle ralentit, pour ne pas paraître essoufflée. Elle prend une grande respiration, serre les dents et s'achemine vers l'autre bâtiment, en direction des urgences. Au moment où elle s'apprête à passer le seuil de la porte de sortie, une femme de l'accueil l'interpelle :

— Vous allez où, jeune homme ?

Le sang de Gaëlle se fige dans ses veines. Que dire ? Que faire ? « Improviser, au théâtre, c'est s'appuyer sur la situation, le partenaire, les vêtements qu'il porte, ce qu'il dit. Comme dans ton Krav Maga où tu utilises ce qui te tombe sous la main pour en faire ta force. » Il était tellement brillant, son frère, quand il lui parlait. Avec lui, elle comprenait tout.

— Acheter une bouteille d'eau pour ma grand-mère, répond Gaëlle avec une aisance qui la surprend. Il a fait très chaud aujourd'hui…

La montée d'adrénaline lui inspire des attitudes et un discours dont elle se serait crue incapable. C'est l'effet « Arthur ». C'est l'effet « Hamlet ». C'est l'effet « Shakespeare ». Gratitude éternelle. Sans eux – l'acteur, le personnage, l'auteur –, elle n'aurait pas pu s'échapper.

Gaëlle est libre. Jusqu'à quand ? Elle presse progressivement le pas et s'éloigne du centre hospitalier. Elle dispose de très peu de temps pour déguerpir. Bientôt, Jenny constatera les vols et son absence. Affolée, elle alarmera sa chef de service qui transmettra la nouvelle à ses parents et leur demandera de signaler sa disparition au commissariat de police.

L'adolescente glisse sa carte SIM dans le téléphone volé, dont elle s'empresse de bloquer la géolocalisation. Elle découvre avec émotion que la femme en blanc lui a laissé un message vocal, dans lequel elle s'inquiète de ne pas avoir de ses nouvelles. Elle ne mentionne pas le sac, mais peut-être reste-t-elle prudente. Tout en continuant de marcher, la jeune fugueuse rédige un texto rapide. Elle la prie d'excuser son silence, lié à des circonstances indépendantes de sa volonté. Elle est en route pour Saint-Brieuc, où elle espère la retrouver dès le lendemain.

Puis elle court dans la nuit qui tombe.

Route nationale. Auto-stop. Un camionneur s'arrête. Hervé. La quarantaine abreuvée à la bière et tatouée aux biceps. Il roule en direction de Brest et propose à Gaëlle de la laisser au port du Légué, à Saint-Brieuc. Elle ne pouvait pas rêver mieux. Il ne pose pas de questions, Hervé, prétend que les voyages forment la jeunesse et sait ce qu'est d'être fauché, pour avoir tiré le diable par la queue en son temps. Le compagnon de route idéal pour l'adolescente, dont l'intuition lui signifie qu'il fera la conversation pour deux. En effet, Hervé s'épanche. Transporteur depuis toujours, il parcourt la France à bord de son DAF XF 530 tout confort, dont il est fier depuis qu'il l'a équipé d'une barre de son. La musique, c'est sa drogue à lui ; elle lui tient lieu de compagnie et lui inspire d'autres paysages que ceux, lassants, des axes routiers, même s'il avoue avoir coupé le volume une heure auparavant. Mal de crâne carabiné. Les « parlotes à la radio » ou « les routards qui bassinent les oreilles sur les ondes » l'exaspèrent : « Les gars croient que les banalités qu'ils enchaînent à la pelle sont des informations de la plus haute importance. Genre secret-défense, tu vois ? Pire : que leurs fantasmes pornos et leurs blagues salaces nous passionnent. Ils ont pété un câble ! Faudrait que quelqu'un leur dise qu'on s'en tape ! » Il interrompt son soliloque pour détourner un instant les yeux de la route et fait un mouvement du menton vers Gaëlle, histoire de lui signifier gentiment de ne pas poser ses pieds sur son caisson de basses – « Ça vaut une blinde, cette chose-là. » Cette dernière s'exécute immédiatement, confuse, tandis qu'il enchaîne :

— Tu sais qui est le meilleur ami du camionneur, petit ?

— Euh… Non, bredouille Gaëlle, qui fait mine de s'intéresser.

— Le Doliprane.

Et, les yeux de nouveau rivés sur l'horizon, il éclate d'un rire bruyant qui ressemble à un ronflement de cochon. Gaëlle sursaute, tout d'abord surprise par l'extravagance du personnage, puis déploie un large sourire crispé, seule façon qu'elle trouve pour récompenser la bonne humeur du chauffeur et mériter son voyage. Personne ne s'est arrêté alors qu'elle désespérait sur le bord de la deux-voies, elle lui doit une fière chandelle. Après un coup d'œil machinal dans le rétroviseur, Hervé s'arrête net de rire et s'en prend à un automobiliste :

— T'es sérieux, toi ? Le mec, il double à l'aveugle… Non mais je rêve ! Connard !

L'adolescente se fait toute petite sur le siège passager, effarouchée par ce brusque changement de ton. Le langage cru des conducteurs l'a toujours désemparée. Des trombes d'injures jaillissant d'une insoupçonnable part d'ombre – vu leur caractère à coup sûr sexiste, homophobe ou raciste –, et en avant, on continue de rouler, comme si de rien n'était ! C'est la sournoiserie de la situation qu'elle ne comprend pas ; en face à face, jamais les individus ne se parleraient aussi vertement (du moins, c'est à souhaiter). Le comble est que sa mère, qui lui reproche son manque de grâce et de féminité, est une spécialiste de la grossièreté fleurie au volant. Les « T'avais qu'à te lever plus tôt, tapette ! », les « Et le clignotant, pétasse, il est en option ? » ou autres « Sale bâtard ! » sont légion lorsqu'elle conduit. Son père est plus calme. Il grogne. Il contient. Il n'insulte jamais. Ils se ressemblent, sa fille et lui. À la différence qu'il préfère l'esquive, elle, le combat.

Gaëlle ne se fait pas prier lorsque Hervé lui propose un paquet de chips qu'il n'a pas entamé, sachant qu'un gratin de pommes de terre l'attend au four. Cette semaine, il est en mode touriste. Il a déchargé la belle-mère à Rennes et rechargé une cargaison. Retour au bercail pour se jeter dans le plumard, après un bon petit plat maison, concocté par sa bourgeoise.

— Touriste attitioude ! s'exclame-t-il dans un soupir de contentement. Journée type régionale. Ça fait du bien de temps en temps. On finit par manquer de tendresse à force d'être trop seul. La musique, ça tient compagnie, mais ça nous embrasse pas dans le cou.

La jeune fille détourne la conversation pour éviter qu'elle ne bascule dans des détails trop scabreux, auxquels elle ne se sent pas le courage de faire face.

— Votre belle-mère ? demande-t-elle la bouche pleine de la dernière pincée de chips.

— Eh ouais ! Les remorques, c'est comme les belles-mères. Tu te les traînes, quoi qu'il arrive, lance-t-il en lui faisant un clin d'œil.

Puis, du bout des doigts, il pousse un CD dans le lecteur de l'autoradio. Le paracétamol a probablement fait son effet sur la migraine.

— Johnny ?

Gaëlle lui sourit, un air d'incompréhension dans le regard que le gaillard ne remarque pas, tant il est pris par le flot de ce qui, à l'évidence, le fait vibrer. La chanson démarre. Introduction musicale. Hervé monte le son, pointe l'index droit devant lui et se met à chanter par-dessus la musique.

> Qu'on me donne l'obscurité,
> puis la lumière.
> Qu'on me donne la faim, la soif,
> puis un festin.
> Qu'on m'enlève ce qui est vain
> et secondaire[4]...

La ferveur du camionneur ne parvient pas à contaminer Gaëlle. Elle est incapable de se détendre et d'oublier le désastre qu'est sa vie. Elle laisse son regard errer sur les lumières blafardes de la nuit ; le chassé-croisé des phares zébrant l'obscurité offre un spectacle hypnotique. Jamais elle n'aurait cru, si on le lui avait prédit, que le best of des chansons de Johnny Hallyday servirait de générique à sa débâcle. D'ailleurs, jamais elle n'aurait cru que son frère mourrait. Jamais elle n'aurait cru que cette disparition lui ferait si mal, se figurant à nouveau tout ce qu'ils ne vivraient plus jamais ensemble : rires, confidences, chamailleries.

> Que je retrouve le prix de la vie,
> enfin[5] !

Des larmes lui montent aux yeux, mais Gaëlle les retient. Elle ne s'autorise pas à pleurer. Pas maintenant. Pas devant quelqu'un. Elle ne veut pas qu'on voie sa peine. Elle ne veut partager son chagrin avec personne.

Petit carnet noir

J'aimerais danser sur une musique assourdissante et me laisser bousculer par l'euphorie des corps, il y en aurait une multitude autour de moi, cherchant l'extase à travers leurs ondulations tantôt lascives, tantôt frénétiques.

J'aimerais revoir le bord de mer, les plages immenses et roses de la Bretagne du nord, courir pieds nus sur le sable, m'allonger dans l'eau fraîche, au goût de sel, puis m'abandonner corps et âme au ressac, à son impétuosité.

J'aimerais écouter le chant des oiseaux dans les jardins et dans les forêts, le frémissement du blé caressé par la brise, le clapotis de la pluie sur le gravier. Et m'allonger sous un pommier en fleurs.

J'aimerais me gaver du rougeoiement des feuillages d'automne, de l'embrasement du ciel le soir à marée basse, de crème chantilly et de vin pétillant, jusqu'à l'écœurement…

En retraversant ce que nous avons partagé, petite sœur, je réalise à quel point la vie me fut précieuse, la vie auprès de toi. À quel point elle ne sera bientôt plus que poussière. À quel point tu vas me manquer – tu me manques déjà, d'ailleurs. À quel point il va me falloir, j'ignore comment, réinventer la joie dans cette éternité qui m'entourera et dont je suppose qu'elle n'est ni Dieu, ni Paradis, ni Enfer. Juste une réalité parallèle à celle que nous éprouvons sur Terre, dont les délices et les ivresses existent inévitablement.

Je continue de divaguer au creux de ma mémoire. Je n'éprouve aucune tristesse. Aucun vrai plaisir non plus. C'est étrange. J'ai essayé de dresser une liste de mes regrets, mais n'y suis pas parvenu. Comme si toute forme d'aigreur m'avait quitté. Je ressens une plénitude agréable, proche de l'ennui. Je dis ennui car un état de permanence règne en moi, doux mais insipide. J'espère que c'est provisoire.

> Hang there like fruit, my soul.
> Till the tree die.
> Reste là, mon âme, suspendue,
> tel un fruit.
> Jusqu'à ce que l'arbre meure[6].

Ce que j'aime Shakespeare ! Passionnément. À la folie. Puisque je meurs, j'émets le vœu, pour ma prochaine vie, de me réincarner en comédien anglais, afin de pouvoir le jouer dans sa langue originale. Quitte à vivre dans la misère. Quoique, d'ici là, la société aura peut-être admis que les artistes ont autant de valeur que les footballeurs.

Shakespeare restera. Le monde, la façon dont nous occupons nos existences et les mots que nous employons pour nous raconter auront beau changer, les émotions humaines resteront les mêmes. Idem, les formes heureuses de la vie qui ne cesseront pas de jouir d'elles-mêmes : le sourire et la lumière du printemps sur les prairies, le sein gonflé de la mer où se mirent les étoiles lorsque la nuit chasse les nuages. Shakespeare survivra aux éléments et aux saisons, ainsi qu'à toutes les modes, toutes les révolutions, tous les cataclysmes. Shakespeare, l'intemporel.

Bientôt, je ne te verrai plus, ma sœur. Mais je t'imaginerai, espérant que tu reçoives des fragments de ma pensée sous forme de petits signaux poétiques. Va savoir de quoi est pavé l'au-delà…

De la vie, je te souhaite les vacarmes, les parfums, les caresses, la beauté, toutes les allégresses et tous les transports. Ces gourmandises sensuelles dont la mort nous prive. Là-bas, c'est autre chose. Le subtil l'emporte sur tout, je crois.

Les matins de bruine n'attirent pas grand monde au port du Légué, tant il semble que le jour ne se lèvera jamais. De fines gouttelettes de pluie flottent dans l'air, formant un rideau de matière opaque entre les individus, la réalité et le ciel. Ici, on appelle ça le crachin. Hormis deux ou trois locaux qui descendent lire le journal et avaler un café au comptoir du Bar des Mouettes, on n'y croise pas âme qui vive.

Gaëlle a passé la nuit cachée dans la cale d'un bateau à quai, dormant à poings fermés, jusqu'à ce que, un peu avant midi, le cri strident d'un goéland, en quête de pitance, l'arrache péniblement à son sommeil. Elle lorgne son téléphone : pas de signe de la femme en blanc. Contrariant. Elle qui, jusqu'à présent, était plutôt réactive... Elle vérifie plusieurs fois qu'elle ne s'est pas trompée de numéro, sans déceler d'erreur. L'angoisse pointe à nouveau le bout de son nez et lui broie la poitrine. Elle s'en veut d'avoir abandonné les cendres d'Arthur à une inconnue. Elle se hait d'être comme elle est, impulsive et irréfléchie. En même temps, quel autre choix avait-elle dans le train ? Gaëlle tente de se rassurer en inventant une série d'explications hypothétiques à ce silence : téléphone qui ne passe pas chez la femme en blanc, batterie déchargée, grasse matinée. Mais ce procédé ne calme guère son inquiétude.

Quand elle a tout à fait émergé, elle entame quelques recherches sur Internet, en quête de l'adresse d'une madame Bertrand à Saint-Brieuc. Rien. Alors, elle prend son courage à deux mains et décide de laisser un message vocal. Gaëlle ne sait jamais comment formuler les choses, elle craint de s'embrouiller et qu'on ne la comprenne pas. Le drame de sa vie. Elle fait simple : « Bonjour, j'appelle pour le sac, je suis à Saint-Brieuc, dites-moi où et à quelle heure je peux vous rejoindre, merci. » Après avoir raccroché, elle regrette immédiatement de ne pas avoir ajouté un « J'espère que vous allez bien, bonne journée », alors elle rattrape le coup en complétant son message par un texto de politesse.

Pour ne pas céder à l'anxiété, elle enfonce les écouteurs dans ses oreilles et laisse défiler une playlist de façon aléatoire. Ne pas se morfondre, bouger, y croire. Elle erre une partie de l'après-midi, arpente les appontements, inventorie les moindres détails des bateaux dont les mâts sont ballottés par le vent. Un jeu lassant, très lassant. Vers dix-sept heures, elle est envahie par une vague de tristesse, contre laquelle elle peine à lutter. Attendre est un supplice. Si, grâce à la musique, elle réussit à se distraire de ses pensées culpabilisantes, Gaëlle reste démunie face à une succession de scènes catastrophiques qui tournent dans son esprit. Elle s'imagine la femme en blanc se débarrasser du sac de cendres, le déposer sur un banc public, le jeter dans une poubelle, le remettre à la police. Elle se revoit assise sur le canapé du salon en compagnie d'Arthur, manettes en main, à se disputer la victoire de leurs interminables parties de jeux vidéo. Elle revit leurs nuits blanches de Noël rassasiées de Breizh Cola, de biscuits secs à la cannelle, nuits qu'ils passaient à jouer et à rien d'autre.

Pour stopper ce cinéma intérieur, elle s'assoit sur un bollard et se met à compter les poissons qui nagent dans les eaux verdâtres de la plateforme d'accostage. Elle y reconnaît des truites et des saumons aux écailles argentées. Cette occupation imbécile lui vide la tête et l'aide à tuer le temps. Car il s'agit bien de ça, aujourd'hui : tuer le temps. L'attente est rarement porteuse d'enthousiasme. On s'y ennuie. On y déprime. On y désespère. Elle envisage un instant d'aller au troquet pour observer les badauds du coin et leur inventer une vie, un métier, des travers. Elle aurait bien de quoi se payer un café et un sandwich avec les pièces d'un euro qu'elle a volées, mais elle préfère garder l'argent pour s'acheter du chocolat noir et de l'eau, auxquels elle carbure. C'est plus énergisant.

Surprise par une averse passagère, elle se réfugie sous le porche d'un hangar à bateaux. Là, elle trouve quelques sacs de cordages sur lesquels elle déverse sa hargne, tape avec les pieds, les poings, la tête, reprenant un par un les exercices de Krav Maga qu'elle connaît, jusqu'à l'épuisement. Alors qu'elle somnole, le front posé sur les genoux, son espérance est récompensée par un texto :

« 21 h, 3 rue des Sœurs Le Goff, Saint-Brieuc. Grosse journée de travail, désolée. »

Ragaillardie, Gaëlle se met en route pour le centre-ville. Dans moins de deux heures, elle aura récupéré son trésor et partira pour la Côte de granit rose.

À l'ouest, on flirte avec l'éternité, si tant est que celle-ci soit lumineuse. Un des bonheurs simples de la Bretagne est en effet que le soleil – il finit toujours par apparaître avec la marée qui change – se couche tard, l'été. La blondeur du sable et les accents bleu vert gris des vagues se disputent le magenta qui envahit lentement l'horizon, avant de le dévorer. La soirée s'étire à n'en plus finir, suggérant à Gaëlle le goût irremplaçable des vacances à la plage où, après dîner, Arthur et elle retournaient construire des châteaux de sable jusqu'à grelotter de froid. Rien ne les y faisait renoncer. C'était comme si la mer irradiait vers la terre une clarté intérieure venue d'on ne sait quelle improbable profondeur et leur mettait du soleil dans le sang. C'était le temps de l'enfance. L'enfance est terminée. Aujourd'hui a été un pur calvaire pour elle. Une torture. Son impatience rivalisant avec les souvenirs qui reviennent, telles des lames de fond, lui déchiqueter le cœur. Elle est pourtant moins tendue, à présent que la femme en blanc lui a donné rendez-vous. C'est qu'elle n'a pas jeté le sac. Cette évidence lui donne des ailes.

À vingt et une heures, l'adolescente se trouve dans le quartier de la gare de Saint-Brieuc, devant la vitrine affriolante du Vénusia, un love-shop flambant neuf. Désorientée, elle vérifie l'adresse sur son téléphone : « 3 rue des Sœurs Le Goff. » C'est bien ça. Un trouble s'empare d'elle. Jamais elle n'aurait cru retrouver sa sauveuse dans un environnement aussi bizarre. Elle, qu'elle s'est représentée (si elle n'est pas un ange) professeure d'anglais ou de littérature à la faculté, autoritaire, charismatique, raffinée, peut-elle fréquenter ce type d'établissement ? Rien ne s'avère jamais être ce que Gaëlle se figure. Si elle est instinctive – plus exactement, impulsive – elle manque de discernement, elle en convient. Peut-être que les professeures fréquentent les love-shops. Pourquoi pas, après tout ?

Elle se souvient d'avoir vu ce genre de boutique à Pigalle, quand elle est allée à Paris, il y a quelques mois, à l'occasion d'un voyage scolaire organisé par son professeur de philosophie. Monsieur Ropers avait souhaité les faire assister à une représentation du *Banquet* de Platon, qui se donnait dans un théâtre du quartier. Financés par des producteurs de l'industrie pornographique en mal de succès, avait-il affirmé, ces nouveaux temples de l'érotisme, érigés en emblème du bien-être, ont pour fonction de dédramatiser la sexualité, de la déculpabiliser et de l'enrichir. L'érotisme suppose qu'on ne fasse pas l'amour dans un but unique de reproduction de la race humaine, ou bien pour « décharger ses vases » comme l'écrivait joliment Montaigne, il nécessite que l'on invente des détours pour prolonger le plus longtemps possible l'état de tension délectable qui précède la jouissance, avait soutenu le philosophe en citant Freud sur la notion de désir, puis Bataille sur la notion de transgression morale et de « délicieux goût du péché ». Les élèves avaient été éberlués que leur professeur leur commente les textes qu'ils auraient à défendre aux examens du baccalauréat par ce biais si trivial. En bousculant ainsi leur pudeur, Monsieur Ropers cherchait en réalité à créer des liens intelligibles entre le monde conceptuel de la matière qu'il enseignait et le monde contemporain, afin de rendre la philosophie accessible à tous. Son excentricité plaisait à Gaëlle ; elle se sentait plus intelligente à la fin de ses cours.

Cette dernière jette un œil à l'intérieur du magasin et pousse un soupir de soulagement lorsqu'elle y reconnaît sa mystérieuse voyageuse, accoutrée des mêmes vêtements blancs que ceux qu'elle portait dans le train. Surprenant. Elle se tient face à une vendeuse dont la fesse gauche est nonchalamment posée sur un tabouret haut, derrière le comptoir de la caisse. Juchée sur des talons allongeant ses jambes déjà immenses, celle-ci est affublée d'une jupe en jean et d'un chemisier aux motifs printaniers qui avivent une jeunesse affichée. Les deux femmes comparent plusieurs paires de bottines à plateforme argentées. Absorbées par leur conversation, elles ne voient pas la jeune fille, dehors, en train de les épier. Après un moment d'hésitation, Gaëlle décide de ne pas entrer. Elle attendra sur le trottoir. La femme en blanc ne devrait pas en avoir pour longtemps, elle finira bien par sortir. Après avoir passé la journée à poireauter, un peu plus ou un peu moins… Arthur était patient. Elle aurait pu apprendre ça de lui, si la vie leur avait laissé plus de temps. Il faisait tout mieux qu'elle. Ceci étant dit, ce n'est pas très difficile. Elle est nulle en tout. Sauf en sport. Ça au moins, elle le reconnaît. Elle pourrait même s'en vanter.

Dans la boutique, la femme en blanc a ôté ses chaussures. Que fait-elle ? Elle ne va tout de même pas acheter ces immondes godasses, s'offusque Gaëlle. Ça ne marche pas avec des chaussures de drag-queen, les anges ! Les professeures non plus…

Un homme en costume trois-pièces jaillit d'un escalier venant du sous-sol, où a priori se prolonge le magasin, et flotte telle une ombre jusqu'à la sortie, le regard en fuite vers l'horizon. Sa gêne n'échappe pas à Gaëlle. Elle en déduit l'existence d'un étage inférieur plus licencieux que le supermarché faussement hi-tech et aseptisé du rez-de-chaussée, où règne un désordre de cartons éparpillés de-ci de-là, éventrés au cutter et débordant de fanfreluches, de chaussures et d'accessoires de toute sorte. Derrière l'étalage de sex-toys, aux formes comiques et aux couleurs pour la plupart fluorescentes, est suspendue une gamme de lingerie pour le coup peu originale : sous-vêtements de dentelle noire en matière synthétique, corsets, nuisettes, shortys, bodys, porte-jarretelles, ainsi que des combinaisons en latex. Tout cet attirail, bien sûr, est fabriqué en Chine. Gaëlle repense à Monsieur Ropers et aux analogies qu'il faisait entre philosophie et love-shops. Une grande perplexité l'envahit soudain.

Tandis que la femme en blanc déambule dans le magasin – teste-t-elle les effets des différents modèles de bottines sur sa démarche ? –, trois garçons ivres entrent dans la boutique en beuglant un « Alors, comment ça va, les putes ? ». La vingtaine baggy-sweat-à-capuche parfaitement uniforme, ils arborent la mine blême des gens qui ne voient jamais la lumière du jour. Seules leurs barbes permettent de les distinguer. L'une est rousse, l'autre brune, la troisième blonde. Comme les bières locales qu'on trouve en pack au supermarché, se dit Gaëlle. Ils chahutent, parlent fort, prennent des postures obscènes. Barbe brune décroche un martinet et fouette les fesses de barbe blonde qui glapit des gémissements outranciers. Contrariée, la vendeuse leur demande de reposer ce qu'ils ont pris et de sortir. Ce à quoi barbe brune répond : « Toi, tu fermes ta gueule ou je t'éclate ! » Puis ils tentent de s'en prendre à la femme en blanc, lui tournant autour, tendant les mains vers sa poitrine comme s'ils allaient la toucher, balançant des insanités sexistes et grossières. Ulcérée, Gaëlle se précipite dans le magasin et s'interpose.

— Qu'est-ce qu'il a le puceau ? Il a peur qu'on la viole, la MILF ? dit barbe rousse jusque-là resté en retrait.

Menaçant, il avance vers l'adolescente qui, sans prévenir, lui assène un coup de pied dans la poitrine et lui claque l'oreille droite de la paume de sa main. La brutalité inopinée de l'offensive désarçonne le rouquin et impressionne les deux autres, qui reculent. Gaëlle enchaîne les coups ; elle s'acharne à tel point sur le pauvre garçon, que la femme en blanc puis la vendeuse lui intiment l'ordre de se calmer et hurlent aux gars de déguerpir. Épouvantés par la fureur de l'une et l'hystérie des deux autres, les barbus détalent comme des lapins. Ils quittent le magasin en leur braillant d'aller « se faire enculer », ce à quoi Gaëlle réplique, hors d'elle, que si elle les retrouve, elle leur « arrache les couilles et les leur fait bouffer ». C'est sorti tel quel. C'est vrai, elle ne supporte pas les types qui jouissent des humiliations qu'ils infligent aux autres, surtout aux femmes. Elle ponctue son intervention d'un « tout va bien, mesdames ? » débonnaire, presque arrogant.

La vendeuse se rue sur la porte, la ferme à clé et s'y adosse, peinant à calmer le tremblement de ses jambes et de ses mains. Elle bafouille toute sa reconnaissance à Gaëlle ; ces barbares auraient saccagé sa boutique et l'auraient probablement passée à tabac, si elle n'avait pas été là. Ils sont venus lui chercher des noises, il y a un mois. Avant qu'elle n'ouvre le magasin, ils avaient tagué des injures sur le rideau de fer et uriné sur le pas de la porte. Une autre fois, ils l'avaient harcelée de telle façon qu'elle avait dû déposer une main courante au commissariat. Elle regrette que ça n'ait à l'évidence servi à rien et se désole que la femme en blanc et Gaëlle aient fait les frais de leur obscénité. Elle s'éclipse au sous-sol pour aller en réserve leur chercher un « petit remontant », estimant qu'elles l'ont bien mérité.

Gaëlle se tourne vers la femme en blanc.

— Vous avez le sac ?

— Bonjour, vous allez bien ? lui réplique cette dernière sur un ton ironique.

— Oui, bonjour, bredouille la jeune fille. Mon sac. S'il vous plaît.

— Parce que vous croyez que j'allais le garder sur moi en attendant que vous réapparaissiez ? Crac boum hue, vous récupérez le truc et salut la compagnie, sans explication, sans merci, sans…

Il est vrai qu'elle aurait pu attendre ce soir d'être chez elle pour lui donner rendez-vous, après ses emplettes. Elle a hésité. Elle s'est laissé déstabiliser par l'insistance fébrile de Gaëlle. Elle ne s'en est pas formalisée, bien sûr. Ce n'est pas son style. La femme en blanc a appris à ne pas trop attendre des gens ou des circonstances, elle a opté depuis longtemps déjà pour une manière de vivre au présent. *Carpe diem*, comme dit la maxime. Elle a souvent repensé à cette jeune personne, au désarroi dans son regard, sur le quai de gare. Quelle était l'histoire de cet adolescent aux nerfs à vif, aux traits si fins et androgynes ? Était-ce un garçon ou bien une fille, d'ailleurs ? Trop jeune et trop perdu pour éveiller en elle une once de fantasme sexuel, trop désespéré pour la laisser indifférente. En détresse. Ça suffisait pour tendre la main.

— Ils vous veulent quoi, les flics ?
— Rien. J'avais pas de billet de train, c'est tout.
— C'est une raison pour taper sur le contrôleur ?
— J'ai flippé.
— À cause de… ?
— Je veux pas retourner vivre chez mes parents. Mais merci…

Gaëlle parvient difficilement à articuler sa gratitude, tant la peur d'être dénoncée puis arrêtée par la police la tenaille, depuis l'épisode du commissariat. Même s'il lui arrive d'être de mauvaise foi, elle est très sensible à la solidarité entre les êtres humains. Et puis, elle est touchée par le fait que cette inconnue la croie, lui fasse confiance, manifeste de l'attention à son égard. Depuis la maladie d'Arthur, l'affection de ses parents s'est polarisée sur lui. Gaëlle n'en a conçu aucune jalousie, bien sûr. Mais ils l'ont négligée, n'ont rien suivi de son année scolaire, de ses premières expériences amoureuses, de ses progrès en sport et en Krav Maga, de son succès certes passable aux examens du bac (quand son frère avait eu une mention très bien l'année précédente), leur indifférence à la dernière volonté d'Arthur étant venue couronner le tout.

La femme en blanc, à qui ces considérations échappent, lève un sourcil pour l'encourager à continuer. Gaëlle pique sa curiosité. Elle n'arrive pas à lui en vouloir. Est-ce son intrépidité, sa détermination ou son apparente affliction qui l'intriguent ? Le conflit avec les parents, elle connaît.

Lorsqu'elle a eu dix-huit ans, les siens l'ont foutue à la porte avec perte et fracas. Comme une malpropre, une moins que rien, une pestiférée. Et puis ils sont morts d'un coup, dans un accident de voiture. Affreuse ironie du sort. Il lui arrive encore d'en souffrir, vingt-cinq ans plus tard. Ses choix de vie étaient trop en rupture avec leurs valeurs conservatrices ; elle n'a jamais voulu céder aux sacrifices qu'ils exigeaient d'elle, n'ayant pas davantage plié sous le poids de leurs projections. De ce rejet et de leur décès, elle s'est consolée en adoptant une posture qui la singularise depuis : elle met des points de suspension à la plupart de ses appréciations et prononce rarement un avis radical sur les gens ou les situations. Non pas qu'elle leur cherche des circonstances atténuantes de façon systématique, ni qu'elle soit fataliste, lâche ou méprisante. Non. Elle a choisi de vivre dans les courants d'air du temps et de l'indétermination, privilégiant l'esquive à l'offensive, l'épicurisme à la prédation. À l'instar des insectes butineurs qui profitent de ce que la nature offre – les couleurs, les textures, les senteurs à foison –, se fient à leur instinct et s'étonnent des effluves d'une pâquerette autant que d'une rose, d'un lilas ou d'une fleur d'artichaut. En revanche, la femme en blanc aime connaître les tenants et les aboutissants des situations qu'elle traverse.

— Ils me croient dingue, lâche finalement Gaëlle.

— Et ils ont tort ?

La jeune fille baisse les yeux et garde le silence. Bien sûr que ses parents ont tort. Mais enfin, elle ne va pas se lancer dans un exposé sur sa vie sous prétexte qu'on lui rend un service.

— C'est quoi la poudre dans le sac ?

Gaëlle se fige. Elle est incapable de répondre à cette question. Les mots ne sortent pas. Ils l'étrangleraient si elle les prononçait. Comme s'il y avait un risque de compromettre sa promesse, de la trahir, de l'effacer. Nommer les choses a soudain quelque chose de tabou. Pour couper court à ses scrupules, Gaëlle sort son téléphone portable. Tremblante, elle se connecte à son espace *cloud*, sur lequel Arthur et elle entreposaient des photos et des petits films qui mettaient en scène leur quotidien ou leurs états d'âme. Elle montre à la femme en blanc une vidéo dans laquelle on voit son frère, en chambre stérile, visage décharné, les yeux qui brillent, un sourire las, écrire sur une ardoise : *Tu m'emmèneras sur l'île d'Aval ?*

— J'ai promis, avoue Gaëlle dont la gorge se dénoue. Il est mort il y a dix jours. Mes parents ont refusé que ses cendres soient répandues où il le souhaitait. Je les ai volées.

La femme en blanc est désemparée. Elle ne s'attendait pas à cette révélation déchirante. Ce jeune garçon, ce petit être menu, dont la peau est si transparente qu'on distingue, au travers, les filaments de ses vaisseaux sanguins et le marbre de sa chair. Cette vie, ne tenant qu'à un fil au moment où la vidéo a été tournée, emportée par la maladie, réduite en cendres, fourrée dans un sac plastique qu'elle-même a dissimulé au fond d'un placard. Elle se sent piteuse et éprouve un remords cuisant d'avoir ainsi manqué d'indulgence, d'avoir jugé Gaëlle à la hâte, sans mettre de points de suspension à sa pensée. A-t-elle eu peur ? De qui ? De quoi ? Si le sac avait contenu de la drogue, les chiens policiers l'auraient détectée. Elle s'est méfiée, elle qui met la bienveillance au rang des vertus capitales. Les deux attitudes ne font pas bon ménage. Contrite, elle se confond en excuses. Le sac est caché en lieu sûr, que Gaëlle ne s'inquiète pas.

— Ça m'arrangerait si on y allait dans pas trop longtemps, réplique alors l'adolescente.

Elles n'ont pas le temps de poursuivre leur échange ; la vendeuse est remontée avec une bouteille de limoncello, qu'elle garde dans le frigo de la réserve pour les jours où le moral est en berne. Elle questionne la femme en blanc à propos des bottines. A-t-elle fait son choix ? Le regard malicieux, celle-ci se retourne vers Gaëlle et passe sans s'en rendre compte au tutoiement.

— Quelle paire tu préfères ?

— Je suis pas très chaussures, en fait… répond la jeune fille, rougissante.

— Faut peut-être lui dire que c'est pour un spectacle, au jeune homme. Pas pour la vie de tous les jours, précise la vendeuse.

Et elle se lance dans un interminable monologue, pendant lequel Gaëlle ronge son frein, ne songeant qu'à filer pour récupérer son sac. Les deux femmes sont des amies de longue date, la femme en blanc appartient à une troupe de comédiens professionnels qui répètent actuellement une pièce de Shakespeare (dans une version modernisée, que Gaëlle soit rassurée) dont les premières représentations approchent, elle cherche des chaussures pour compléter le costume d'un de ses rôles – elle en interprète plusieurs dans le spectacle. La particularité de cette adaptation est en effet qu'ils ne sont que trois sur scène, à jouer tous les protagonistes de la pièce : hommes, femmes, animaux, fées – oui, il y a même des fées ! Et comme elle dit toujours : « Une fois qu'on a la démarche, on a le personnage ! »

Une comédienne. Gaëlle aurait pu le deviner à son allure sophistiquée et à ce qu'elle lisait dans le train, plutôt que de croire qu'elle était un ange ou une professeure. Elle aurait plu à Arthur. Il aimait les filles plus âgées. En seconde, il était tombé amoureux d'une terminale qui fréquentait le club de théâtre. Une perverse de première classe, qui haïssait Gaëlle. Elle était jalouse de la complicité du frère et de la sœur. Leur liaison n'avait pas duré, heureusement. Arthur y avait mis un terme le jour où il avait appris les horreurs nauséabondes qu'elle publiait sur les réseaux sociaux, notamment que Gaëlle et lui dormaient dans le même lit et avaient des relations incestueuses. Si Gaëlle l'avait croisée, elle lui aurait démonté le portrait jusqu'à la défigurer. Elle n'en avait pas eu le loisir, la fille avait changé de région après avoir été renvoyée du lycée. Exilée, la scélérate. Telle avait été leur vengeance. Arthur avait ensuite fantasmé sur une copine de leur mère, mais il n'avait pas eu l'occasion de concrétiser. À moins que Gaëlle n'ait pas tout su ; il restait très secret sur ses émois sentimentaux. Un comble pour lui qui aimait tant exprimer ce qu'il ressentait !

La lumière agaçante d'un gyrophare de police en provenance de la rue la tire de ses divagations et change soudain l'ambiance.

— Tu as quel âge ? demande la femme en blanc.

— Vingt, réplique Gaëlle après une hésitation.

— Ça m'étonnerait.

— Et vous ?

— Vingt et un.

La comédienne a le sens du comique. Elle en a le rythme, le timing. Elle sait parfaitement bloquer sa respiration au moment où il faut, défier du regard son interlocuteur, le tenir en haleine les quelques secondes nécessaires à l'impact de la répartie dans le cerveau. Alors, telle une acrobate qui s'élance dans le vide, elle lâche d'un coup la pression, change de regard, se remet en mouvement. Salto arrière. Pirouette. Tilt. L'effet de surprise tour à tour stupéfie puis électrise son auditoire qui se libère dans un éclat de rire. Sur les planches, elle doit être géniale, songe Gaëlle, admirative.

La vendeuse jette un œil dans la rue. Un policier en uniforme, accompagné de son acolyte, descend de la voiture et regarde en direction de la boutique. Gaëlle blêmit.

— S'ils font un contrôle d'identité, je suis mal.

— Va te cacher dans une cabine du sous-sol. Vite !

La jeune fille se précipite dans l'escalier et atterrit dans un long couloir à la lumière tamisée, dont les murs noirs sont rehaussés par le rouge sombre des portes. L'une d'entre elles est fermée – on entend à travers des mugissements féminins –, les autres, ouvertes sur des cabines inoccupées. Il y en a une dizaine au total. Paniquée, Gaëlle se glisse sous le fauteuil en skaï rouge de la cabine du fond. Arthur aurait fait pareil.

Un des policiers fait le pied de grue sur le trottoir, l'autre entre dans le magasin, accueilli par la vendeuse qui lui ouvre la porte. Sec comme une trique, les cheveux poivre et sel coupés très court, une moustache à la Clark Gable. Ils ont intercepté trois adolescents qui couraient comme des dératés, pensant qu'ils s'enfuyaient après un larcin. Les gamins leur ont dit qu'il y avait un fou dangereux dans le love-shop.

— Nous ne sommes que toutes les deux, répond la vendeuse sur un ton badin. En plein inventaire.

— Personne au sous-sol ?

— Si vous voulez aller vérifier…

— Pas même un client ?

— Un, si. Cabine deux. Les autres sont libres, si vous désirez faire un petit break !

— Jamais pendant le service, réplique-t-il, sarcastique.

Le policier désigne le sac à dos de Gaëlle qui traîne au milieu du magasin, constatant d'un œil suspicieux le désordre qui y règne.

— C'est à qui, ça ?

— À moi, dit la femme en blanc en ramassant le sac d'un geste lent.

— On dirait qu'il y a eu du grabuge ici. Vous balancez tout par terre quand vous faites l'inventaire, vous ?

— Je suis une frénétique, si vous voyez ce que je veux dire…

— Euh… non.

— Un petit café avant de reprendre votre ronde ?

— Ça me donne des palpitations.

— Raison de plus…

La vendeuse passe son ongle verni sur la manche d'uniforme du policier, qui fait un pas en arrière, déstabilisé. Elle continue sa parade, tout en mettant en marche le percolateur.

— Et votre collègue ? susurre-t-elle d'une voix grave et vénéneuse.

— Quoi, mon collègue ?

— Il n'en prendrait pas un, de petit café ?

— Si sa femme apprend qu'il est entré ici, c'est un cas de divorce !

— Aïe. C'est moche.

D'un coup de menton, le policier désigne un alignement de sex-toys.

— Vous en vendez beaucoup de ces machins ?

— Énormément. Vous… ?

— Non merci.

Il désigne les menottes enrobées de fourrure rose en ricanant.

— C'est du toc pour fillettes, ces trucs. Les vraies, c'est mieux, dit-il en soupesant celles suspendues à sa ceinture.

La vendeuse baisse le regard vers ses poignets dont elle tripote les bracelets.

— Vous me faites frissonner, monsieur l'agent, dit-elle en minaudant.

Le policier la toise de la tête aux pieds, ne sachant pas évaluer le degré d'ambiguïté de cette attitude. Il se passe machinalement le pouce et l'index sur la moustache puis sort de sa poche une feuille qu'il déplie en la posant sur le comptoir.

— Vous connaissez ?

Il s'agit d'un portrait de Gaëlle.

— Je devrais ? répond la vendeuse, impassible.

— Et vous ? demande-t-il à la femme en blanc.

— Jamais vu.

— De Saint-Brieuc ? demande la vendeuse.

— Rennes.

— Et ?

— Mineure. Évadée de l'unité psychiatrique de Pontchaillou. On l'aurait aperçue errer sur le port du Légué.

— Ça n'est pas vraiment le quartier, réplique la femme en blanc.

— Cette jeune personne a besoin d'accessoires érotiques, vous pensez ? renchérit ironiquement la vendeuse.

— Les gars qu'on a arrêtés prétendent qu'ils l'ont vue ici, poursuit-il en la dévisageant.

La vendeuse ne se laisse pas déstabiliser. Elle insiste pour qu'il fouille le magasin, feignant d'être vexée que le policier préfère croire trois vauriens plutôt qu'elle. Ça fait des mois qu'ils l'importunent et viennent régulièrement perturber l'atmosphère tranquille du magasin avec leurs propos salaces, il n'a qu'à appeler le commissariat, elle y a déposé une main courante le mois dernier.

Sur ces entrefaites, l'acolyte de Clark Gable passe la tête par la porte.

— Chef ! Y a un souci du côté de Saint-Michel...

— J'arrive ! s'écrie le policier, les yeux toujours posés sur la vendeuse. Vous amusez pas à cacher une ado en fugue, ça pourrait vous coûter cher. Très cher...

Après avoir passé une nouvelle fois le pouce et l'index sur sa moustache, il tourne les talons et rejoint son collègue. Tapies derrière le rideau de la vitrine, dos tournés à la porte d'entrée, les deux femmes guettent le départ du véhicule. Un client – la trentaine grassouillette, d'apparence fruste, une casquette sur la tête – entre furtivement et s'engouffre dans l'escalier.

— Dire qu'il y a des jours où on s'ennuie... C'est vrai, il se passe tellement rien dans ce trou ! clame-t-elle avec extravagance. Je vais chercher l'ado en fuite et on se décide pour tes bottines.

Au sous-sol, la vendeuse explore les cabines libres. Pas de Gaëlle. Elle a beau considérer d'autres cachettes éventuelles, rien ne lui vient à l'esprit. Le bâtiment, dont l'architecture est on ne peut plus basique, n'a pas de secret pour elle. Des gémissements venant du fond du couloir la sortent tout à coup de sa réflexion. Si la deux est occupée depuis un moment, la dix était libre jusqu'à… « Oh non ! » crie-t-elle en portant sa main à la bouche. Embarrassée, elle frappe à la porte de la cabine en question. Pas de réaction. Elle tente un « S'il vous plaît, désolée de vous déranger » de commerçante, en toquant un peu plus fort. En vain. Les roucoulements de la vidéo en cours couvrent le son de sa voix. À regret, elle entrouvre alors la porte avec lenteur, se félicitant en cet instant que le patron lui ait laissé une clé passe-partout, après qu'un monsieur a été découvert inanimé dans une cabine, l'an passé. Un notable de la ville. Il avait noué sa cravate autour de son cou pour ajouter des étoiles à la 3D. « Orgasme fatal au love-shop », avait-on lu dans la presse locale, en-tête d'un article qui évoquait les plus célèbres épectases de l'Histoire. Elle s'en souvient encore. Le journaliste y détaillait comment un des présidents de la République française, Félix Faure, avait été retrouvé mort dans l'intimité d'un des petits salons de l'Élysée, les mains agrippées dans la chevelure de l'une de ses maîtresses. Une demi-mondaine que la rumeur, après cet événement regrettable, avait surnommée la « pompe funèbre ». Nul doute qu'un tel sobriquet déclencherait de nos jours une vague de hashtags vilipendeurs ; il faut reconnaître qu'il est d'assez mauvais goût. La vendeuse avait ri quand elle avait lu que les médecins avaient dû couper la chevelure de la cocotte pour la dégager de la stupéfiante étreinte. Elle s'était en outre étonnée de quelques persiflages de l'époque, que le journaliste avait exhumés, notamment ce commentaire attribué à Georges Clemenceau : « Il voulut être César et il est mort Pompée ! »

Ahuri par l'intrusion de la vendeuse dans la cabine, le client se rhabille avec précipitation et se jette dans un coin de la pièce, la main sur l'entrejambe. Il s'étrangle avec un « Qu'est-ce que… ? » La vendeuse se veut immédiatement rassurante. Elle fait de grands gestes et parle comme si elle s'adressait à une personne très âgée : « Excusez-moi, je voulais juste vérifier que tout fonctionnait bien. On a eu de gros problèmes informatiques ce matin… » Au même moment, Gaëlle sort de sous la banquette, passe en rampant devant le jeune homme écarlate et rejoint la vendeuse dans le couloir. Honteuses, les deux femmes s'enfuient vers le rez-de-chaussée après un « À quoi vous jouez, bande de tarés ? » de la part du client, qui leur emboîte le pas et sort du magasin en les traitant de tous les noms.

— En voilà un que je suis pas près de revoir, lâche la vendeuse, après avoir repris son souffle.

— Qu'est-ce qu'ils voulaient, les flics ?

La femme en blanc hésite un instant avant de tendre à Gaëlle le portrait que le policier a oublié sur le comptoir, car, comme elle s'y attendait, celle-ci se pétrifie. Pouvait-elle imaginer que tout irait si vite, qu'elle serait fichée comme une fugitive dans les commissariats et les gendarmeries de la région ? Elle n'a rien fait de grave, elle ne veut de mal à personne, elle le jure. Un léger tressaillement s'empare d'elle, impossible à contrôler. Émue par cette subite fragilité, la femme en blanc la prend dans ses bras : « À chaque problème, sa solution » lui murmure-t-elle doucement. Une expression qu'employait souvent Arthur…

Refusant de se laisser abattre, la vendeuse, folâtre, verse de la liqueur dans des verres qu'elle a sortis de sous le comptoir, dont un qu'elle tend à Gaëlle.

— Vous avez quelque chose à manger ? S'il vous plaît… demande cette dernière.

— Nina. Et toi ? On se tutoie.

— Gaëlle.

— Sam, enchaîne la femme en blanc. On n'a pas fait les présentations, avec tout ce remue-ménage.

— Gaëlle, fille ou garçon ? poursuit la vendeuse.

— Comme tu veux, je m'en fous.

Nina désigne un mannequin qui porte un soutien-gorge et un string en bonbons.

— Y a que ça qui se mange dans la boutique.

Puis elle lève son verre.

— À mon garde du corps !

— À Gaëlle ! s'exclame la femme en blanc. Et à la folie ! On aime bien les dingues, ici.

— Je suis pas dingue, juste pas dans la norme, c'est tout.

— Enfin une bonne nouvelle ! enchaîne Nina en lui adressant un clin d'œil.

— Bienvenue au club ! conclut la femme en blanc.

— On pourrait peut-être y aller maintenant, non ? lui demande Gaëlle.

— Avec les flics qui rôdent ?! s'écrie Nina.

— On va attendre qu'il fasse nuit, lui répond la femme en blanc en levant son verre de nouveau. Au roi Arthur et à son île d'Aval !

Et elle boit cul sec. Elle a raison, évidemment. Autant ne pas se jeter dans la gueule du loup. Renfrognée, Gaëlle trempe le bout de ses lèvres dans le verre, dissimulant mal une moue de jeune fille qui n'a pas l'habitude de boire. Elle n'a pas l'esprit à la fête. Faut-il faire la gueule pour autant ? Arthur ne bouderait pas son plaisir. Et la liqueur est délicieuse. Elle croque le soutien-gorge en bonbons sans se poser de questions et sirote son limoncello. Petit à petit, les barrières tombent, les pensées se tarissent, la mélancolie se dissipe. Rien de tel qu'un peu d'alcool pour délier la langue d'une personne d'humeur sombre.

— C'est glauque tout ça. Je veux dire… Dégradant. Ces tenues, ces accessoires, ça cantonne les femmes dans un statut d'objet sexuel quand même.

— Ça, c'est bien une réflexion de fille, Gaëlle… Et si ça leur plaît, aux femmes, de jouer à être un objet pour leurs hommes ? rétorque la femme en blanc.

— Celles qui viennent ici achètent pour elles-mêmes, pas pour leurs mecs, ajoute Nina. Ou leurs meufs. On voit des couples de nanas, aussi.

— Je trouve pas ça très romantique, un sex-toy.

— Ça t'emmerde pas, toi, le romantisme ? demande la femme en blanc.

— Je crois pas… Non.

— La nappe, les fleurs, les bougies, c'est mignon le premier jour. Mais enfin, le cul, c'est le cul, quoi ! lance Nina. Un peu de crudités, à table, c'est bon aussi. T'as jamais baisé ou quoi ?

— Si, si. Vite fait. Avec des mecs que j'aimais pas.

— Tant mieux, réplique Nina qui semble savoir de quoi elle parle. Quand on aime et que ça foire, c'est pire. On mange la terre et ça fait mal. Surtout à ton âge. Très mal.

— Ton problème, c'est que tu confonds morale et éthique, renchérit la femme en blanc. Tu conçois l'amour en fonction d'une norme et non en fonction de ce qui potentiellement pourrait te faire du bien.

Gaëlle s'accoude au comptoir, repoussant les boîtes de Vibro Easytoys à 10 vitesses qui y traînent. La tête lui tourne un peu. Elle demande à la femme en blanc si elle a déjà utilisé un vibromasseur.

— Pas toi ? réplique cette dernière avec espièglerie.

Amusée par la candeur de la jeune fille, Nina lui tend une boîte.

— Tiens ! Cadeau.

Gaëlle rougit. Nina insiste :

— Ça t'aidera à questionner tes élans de pureté !

Gaëlle refuse catégoriquement. À ce moment-là, un couple de trentenaires très propres sur eux entre dans la boutique. Nina les accueille en les scrutant du regard.

— C'est pour des menottes ?

La jeune femme interroge en anglais son compagnon qui, charmé, demande à la vendeuse comment elle a deviné.

— *Years of practice*, répond-elle en les conduisant au rayon approprié.

Nina leur présente les différents modèles, ils font leur choix, puis passent à la caisse, règlent leur achat et s'en vont, émoustillés. La femme en blanc se tourne vers Gaëlle et se met à déclamer d'une voix chaude et mélodieuse, aux accents enflammés, au phrasé aérien :

— Le monde entier est un théâtre !

— Shakespeare. *Comme il vous plaira.* Monologue de Jacques le mélancolique, s'exclame Gaëlle en la pointant du doigt.

— Bravo !

— Mon frère l'a eu à l'oral du bac. Je l'ai aidé à l'apprendre par cœur. T'es actrice depuis longtemps ?

— Depuis toujours. C'est quoi ta pièce préférée de Shakespeare ?

— J'en ai lu aucune. Mon frère, toutes. Il m'en parlait souvent. J'y connais rien à tout ça.

Et voilà que la femme en blanc digresse sur les questions du temps, de l'absence et de l'amour qui hantent les comédies et les tragédies du dramaturge anglais. Elle adore la tirade de Cléopâtre qui envie le cheval portant le poids du corps d'Antoine, son amant, dans laquelle la comédienne ressent la magnifique force du désir révélé par le manque et l'interdit

Elle aime aussi la puissance des sentiments de Juliette et de Roméo, le destin effroyable de Desdémone dans *Othello*, les quiproquos grivois du *Songe d'une nuit d'été*, autant de chefs-d'œuvre où le poète mêle le thème de l'amour à celui de la mort, du grandiose, du merveilleux.

— Ces personnages se battent pour la liberté d'être eux-mêmes, poursuit-elle. Juliette, Roméo, Cléopâtre, mais aussi Cordélia, Rosalinde, Falstaff, Prospero, Hamlet... Nous pouvons nous inspirer personnellement de leur trajectoire de vie pour construire la nôtre !

Gaëlle est subjuguée par la culture de la femme en blanc et sa façon simple d'exprimer ses idées, ses préférences, sa vocation. Il lui semble qu'elle entend Arthur, en plus cultivé encore. Elle confie aux deux amies que lorsqu'elle est démunie, elle s'imagine ce que ferait son frère à sa place, pour chasser ses peurs, prendre de la distance et rebondir. Elle joue son rôle, en quelque sorte. Elle devient lui.

— C'est ça, être actrice, affirme la femme en blanc. Devenir une autre. Ou un autre. Et s'en amuser. Tout le monde n'en a pas le talent ni la faculté !

— La névrose, conclut Nina en leur servant un autre verre. Les acteurs choisissent ce métier parce qu'ils ne se supportent pas eux-mêmes, non ?

Gaëlle et la femme en blanc restent muettes, les yeux dans le vague. Cette affirmation touche chacune d'elles à l'endroit d'une écorchure, un endroit où ça fait mal. Comme si, au fond, il n'y avait qu'une vérité ; le théâtre et ses illusions seraient le produit de l'imagination des démunis, qui feraient passer leur désir d'être autre chose que ce qu'ils sont, rêveraient de destins illustres et glorieux à travers des rôles qu'ils inventeraient dans un espace créé de toutes pièces…

Un vieil homme au visage rond et au regard doux, un peu perdu, remonte du sous-sol. À l'échange décontracté qu'il a avec Nina – elle lui demande des nouvelles de la santé fragile de sa femme –, Gaëlle comprend qu'il est un habitué du lieu. Il interroge la vendeuse sur la programmation des films 3D ; cette dernière lui explique que les projections sont gérées par un informaticien qui passe le matin avant l'ouverture.

— On fait dans le porno prestige, dit-elle en prenant des airs de bourgeoise qui font pouffer Gaëlle.

Le monsieur considère le rayon SM avec incompréhension, confiant que la nouveauté, c'est bien, franchement, la 3D, chapeau ! Mais un bon vieux classique, sans tous ces artifices et cette violence simulée, c'est mieux finalement, non ? Ce à quoi la vendeuse répond aimablement que tous les goûts sont dans la nature, qu'il en faut pour tout le monde. Le vieil homme acquiesce, avec un charmant sourire :

— C'est vrai, c'est vrai, vous avez raison, Nina.

Elle le raccompagne à la porte, le salue avec une amabilité sincère et ferme à clé derrière lui, avant de crier : *It's a wrap !* qui fait sursauter les deux autres. Puis elle branche des mini-enceintes sur son ordinateur, dont elle monte le volume au maximum, se rend sur YouTube et tape sur son clavier *Stupid Love Lady Gaga*.

— Et c'est parti pour le dancefloor ! déclare-t-elle avec une fougue qui déboussole la jeune fille plus que tout le reste encore.

Sous l'œil éberlué de Gaëlle, Nina exécute une chorégraphie au milieu de la pièce et imite à la perfection la chanteuse dont elle connaît le clip par cœur.

— Vous êtes danseuse ? crie Gaëlle, par-dessus la musique.

— Arrête de me vouvoyer, j'ai l'impression d'avoir mon âge !

— T'es danseuse ?

— Je fais du drag à mes heures perdues, j'adore ça !

Et elle se met à chanter à tue-tête. Pendant ce temps, la femme en blanc a passé la paire de bottines aux paillettes argentées sur laquelle elle a jeté son dévolu, et se met à parodier le *voguing* de la culture *ball* américaine, nourrissant le langage de ses mains, très stylisé, par quelques postures de défilé de mode dont elle semble avoir le secret. Elle fait l'admiration de Nina qui l'applaudit, la siffle, la copie en se postant en miroir, face à elle.

— On va y aller, peut-être, non ? suggère Gaëlle, dépassée.

Mais la nuit n'est pas encore tombée. Sous l'effet de l'alcool, les attitudes des deux femmes deviennent fluides et aériennes, leurs gestes, parfaits. Elles touchent au sublime. Gaëlle envie un instant leur légèreté, leur liberté, leur grâce. Elle se sent tellement éloignée de tout ça, tellement différente. Et nulle. Serait-elle devenue misanthrope, à force d'être restée au chevet de son frère malade ? Elle a du mal avec les gens, ne s'adapte plus aux rythmes différents du sien et ne supporte pas que le monde n'aille pas dans le même sens qu'elle. C'est certainement ce que sa mère sous-entend, lorsqu'elle lui dit, par euphémisme : « Tu n'es qu'une originale ! » Pour Caroline, ça ne peut être qu'un défaut.

Après avoir avalé cul sec une dizaine de verres de limoncello, les uns à la suite des autres et en poussant de grands « argh » rauques, Gaëlle tourne sur elle-même, comme une toupie, de façon maladroite et brusque. Des images lui traversent l'esprit, souvenirs épars de son enfance où elle passait des après-midi entiers sur les manèges des fêtes foraines avec son frère et les garçons du village. Il lui arrivait souvent de décrocher la queue de la marionnette – un petit singe en peluche – que le responsable faisait tournoyer dans les airs, accrochée à une ficelle ; l'enfant qui l'attrapait avait droit à un tour gratuit. Ce soir, elle est ce petit singe qui vrille, par saccades de plus en plus rapides, jusqu'à devenir une spirale infernale qui tourne, tourne, tourne et tourne encore... Ses sens se brouillent. Le monde autour d'elle devient progressivement flou, les sons ne lui parviennent plus que ouatés – elle perd les aigus, ne perçoit plus que les graves –, les mouvements de son corps, la gestuelle de Nina, la femme en blanc qui semble se mouvoir au ralenti, tout est comme dans un film plein d'effets spéciaux ou dans un cauchemar. Soudain, Gaëlle s'immobilise. Puis, prise d'un vertige, elle s'effondre au sol, ivre morte.

Petit carnet noir

Ensemble.

Ensemble, nous apprenons à marcher. Tu es précoce, moi en retard – c'est incroyable ce que les garçons sont souvent derrière les filles en termes de maturité. Tu n'as pas encore un an, j'en ai le double. Tu t'agrippes aux barreaux en bois du parc pour bébé où nos parents t'ont installée et où tu te déchaînes, dans une ivresse du geste qui ne te quittera plus. Bientôt, par je ne sais quel exploit, tu passes par-dessus bord et réclames les mains de papa, alors que je suis accompagné par celles de maman qui m'aide à faire mes premiers pas. Et nous voilà lancés dans la vie ! Pourquoi la mienne s'arrête-t-elle si tôt ? Le comprendrai-je à la faveur de cette anamnèse à laquelle me confronte la nécessité de t'écrire ? L'exploration détaillée de ce que j'ai gardé en mémoire m'apportera-t-elle les clés dont j'ai besoin pour admettre ce qui m'arrive ? Je ne voudrais pas mourir dans le refus de ce qui advient par la force des choses ou du destin.

Ensemble.

Ensemble, nous nous faisons réciter nos leçons, les Fables *de La Fontaine pour toi, les déclinaisons de latin pour moi :* « rosae rosae rosas rosarum rosis rosis ». *Celle-ci te fait t'esclaffer. Tu dis que c'est du charabia tout ça. Et moi qui glousse parce que tu n'arrives pas à prononcer le « â » quand tu récites la fable* Le chien et le loup *:*

Et le mâtin était de taille à se défendre hardiment.

Cette façon que tu as de faire traîner le « â », parce qu'il porte un accent circonflexe, nous fait chialer de rire à en pisser dans nos pyjamas.

Ensemble.

Ensemble, nous jouons à tout, à tout instant.

On a beau dire et vouloir dire que tout s'en va,
tout ce qui est vrai reste là.

C'est une phrase de Prévert dont j'apprends les poèmes par cœur en CM1. Je m'en souviens, tu vois. Elle est de circonstance !

Que cela me fait du bien à l'âme de retraverser notre enfance.

Gaëlle dort à poings fermés, allongée tout habillée sur le canapé en velours rouge d'un salon, dont les murs sont tapissés d'affiches à l'effigie de quelques icônes du cinéma hollywoodien – Ingrid Bergman, Bette Davis, Meryl Streep –, et parmi lesquelles se détachent, par leur insolence, des reproductions de nus masculins et féminins. L'une d'entre elles se distingue nettement des autres : la *Belle Romaine* de Modigliani, dont l'air mutin, et, paradoxalement, le regard pudique, semblent être une invitation à l'amour.

Assise sur un fauteuil Voltaire, une tasse de café devant elle, la femme en blanc relit les notes qu'elle vient de prendre dans un cahier d'écolier, en attendant que ses ongles sèchent. Elle les a peints en argenté. Le résultat est joli, mais l'écho qu'elle cherche à créer avec les bottines pailletées est-il perceptible, ou pas du tout ? Elle vérifiera auprès du metteur en scène tout à l'heure, au moment de la répétition. Elle est heureuse d'avoir trouvé des chaussures qui donnent un élan majestueux à la démarche de son personnage, ce qu'elle souhaitait. Malgré la hauteur exagérée des talons, elle s'y sent à l'aise. Et belle. Caractéristiques essentielles et rarement gagnées d'avance, lorsqu'il s'agit de travailler avec des accessoires insolites. Elle est prête à incarner Titania. Bientôt, elle en apprendra les répliques par cœur, en rédigera une biographie détaillée, à partir des grands traits qu'elle a dégagés du texte – car, bien sûr, tout part des mots de l'auteur –, comme elle l'a fait pour les autres rôles qu'elle va jouer et dont elle a d'ores et déjà constitué les panoplies vestimentaires.

Titania. Reine des fées et des elfes. Personnification de la lune. Règne sur les esprits de la nature. Invisible aux yeux des humains, géante aux yeux du petit peuple qui l'accompagne, où qu'elle se déplace. En quête perpétuelle de raffinements et de plaisirs en accord avec son tempérament sensuel. Lui choisir un parfum aux notes de cœur composées de jasmin, de miel, de muscs blancs. Infidèle à son époux, Obéron, autant qu'il la trompe. Lui trouver une fêlure. La stérilité ? Oui, c'est ça. Elle souffre de ne pas pouvoir avoir d'enfant.

Inventer un passé, des failles, une histoire personnelle aux personnages qu'elle interprète permet à la femme en blanc de leur façonner un inconscient particulier. « Seul le subconscient peut nous procurer l'inspiration dont nous avons besoin pour créer », écrivait Constantin Stanislavski dans *La formation de l'acteur*. Un maître dont les études ont nourri son art. En scène, elle est en quête de sincérité dans les sentiments qu'elle éprouve, pas uniquement de vérité

Si seulement elle pouvait dormir un peu… La femme en blanc est insomniaque depuis la fin de l'adolescence. Quand elle boit, passé une certaine heure, c'est pire que tout. Le café ne lui fait rien, l'alcool l'excite. Mais elle s'en moque ; elle privilégie la fête à l'ascèse qui n'est pas dans sa nature. Les docteurs et autres thérapeutes qu'elle a consultés sur le sujet n'ont pas réussi à déterminer la cause de ces insomnies. Tisanes contre l'anxiété, huiles essentielles relaxantes, pilules de mélatonine – la fameuse hormone du sommeil, que son cerveau ne doit pas sécréter en quantité suffisante –, rien n'y a fait, du moins sur le long terme. Elle a appris à vivre avec cette particularité, s'octroyant de courtes siestes à n'importe quelle heure du jour ou de la nuit, lorsque la fatigue devient une ennemie. Comme tout artiste de scène qui se respecte, elle garde une hygiène de vie convenable, ayant compris très tôt la nécessité de prendre soin de soi, de manger sainement, de pratiquer un peu d'exercice physique quotidien. Jouer des équilibres et des déséquilibres : voilà le savoir-faire de l'acteur, à la fois athlète et funambule, cheminant sans filet au-dessus du gouffre de ses brèches, mettant du sel sur ses propres blessures, desquelles il puise une substance qui donne à son jeu l'audace et la singularité indispensables.

Elle ajuste sur sa chevelure blonde une tiare sertie de faux diamants, jette un œil satisfait dans le miroir puis observe la jeune fille qui dort. Qu'est-ce qui peut pousser une personne si paisible dans son sommeil à avoir des accès de rage au point de se scarifier les avant-bras ? se demande-t-elle. Le chagrin, bien sûr, il est tellement abominable de perdre son frère si jeune ; le mal-être adolescent, également. Un besoin de faire entendre ce qui hurle à l'intérieur. D'être comprise. Aimée peut-être. Reconnue, surtout. Ou admirée. Gaëlle porte en elle la violence d'une déesse courroucée, dont l'Olympe est meurtri et menacé d'effondrement. Mais, par-delà sa colère, la femme en blanc détecte une intelligence indéniable chez l'adolescente. Une malice, un élan, une pulsion de vie. Une intégrité. Toutes ces caractéristiques font écho à ce qu'elle est elle-même, au fond. On dit « les contraires s'attirent », mais aussi « qui se ressemble, s'assemble ». Ce dernier proverbe est plus approprié à leur rencontre.

La femme en blanc prend le risque de croire à son histoire de frère, de cendres et de promesse. Elle a décidé de lui faire confiance. Après tout, qu'a-t-elle à perdre ? Le temps que les policiers recoupent le peu d'informations qu'ils ont, Gaëlle sera déjà loin. Et il n'y a rien à voler chez elle qui ait de la valeur à ses yeux. Elle a perdu ce qu'elle avait de plus précieux, il y a longtemps… Le théâtre est sa seule richesse. Et l'amitié.

The rest is silence comme dit Hamlet.

Sur la table basse, à côté du sac en plastique qui contient les cendres d'Arthur, Gaëlle trouve un mot écrit à la main :

Suis en répétition jusqu'à tard ce soir. Pas osé te réveiller. Y a du café au chaud. Fais comme chez toi. Prends un bain si tu veux. T'ai sorti une serviette de toilette. Tu n'auras qu'à claquer la porte en partant. Les 50 €, c'est pour la route. Il vaut mieux que tu partes quand il fera nuit. Tiens-moi au courant. Courage ! PS : Tu devrais appeler tes parents, ils sont sûrement morts d'inquiétude.

Gaëlle se fout des états d'âme de ses traîtres de parents. Elle pensera à eux – peut-être – lorsqu'elle aura accompli sa mission et que les flics viendront la cueillir comme une fleur aux abords de l'île d'Aval. Elle leur lancera à la gueule l'exploit réalisé, envers et contre tous, et alors seulement elle envisagera de renouer le dialogue avec eux, s'ils daignent renoncer à la faire interner. Pour le moment, il y a Arthur, elle et la femme en blanc. Point. Le reste du monde n'existe pas.

Attendre l'obscurité complète, marcher en rasant les murs de Saint-Brieuc jusqu'à la nationale, rejoindre Trébeurden en auto-stop puis une des plages d'où on aperçoit l'île. Voilà le programme de la nuit prochaine. Tout de suite : ne rien faire. Une première pour Gaëlle. Prendre le temps et ne pas courir après. Aujourd'hui, aucune raison de s'énerver. Impatience et colère en berne. Tentative de détente. Paresse. Ce qui paraîtrait banal à d'autres se révèle déconcertant pour Gaëlle, qui ne sait vivre qu'à toute allure.

Elle enfile l'anse du sac en plastique à son poignet et somnole encore un certain temps, vaseuse, peinant à émerger. La fatigue accumulée et son incapacité à tenir l'alcool l'ont rompue. Elle se souvient d'avoir dansé la veille et d'avoir un peu ri – une gageure quand elle pense au supplice qu'a été sa vie ces dernières semaines. La suite de la soirée est un trou noir. Comment est-elle arrivée sur ce canapé, dans cet appartement ? Ça ne lui revient pas. La femme en blanc l'a certainement portée à bout de bras, avant de la laisser cuver la trop forte dose de liqueur absorbée dans le tourbillon de la fête. Gaëlle n'a jamais été douée pour la liesse.

Elle se lève avec difficulté, le corps courbatu et la tête lourde. Le sac toujours accroché au poignet, elle se rend dans la cuisine pour boire de l'eau à même le robinet. Elle s'en passe sur le visage, la nuque, les avant-bras, reste, un long moment, penchée au-dessus de l'évier. Peu à peu, elle sort de sa torpeur. La table du petit déjeuner a été dressée à son attention, agrémentée de beurre, de pain, de deux pots de confiture artisanale, et d'une serviette en tissu brodé, comme dans les hôtels de luxe. La jeune fille est émue par les attentions de son amie d'un soir, agréablement surprise par la confiance qu'elle lui manifeste en la laissant seule chez elle. Qui est vraiment cette femme aux airs de grande dame, quand il est question de civisme et de Shakespeare, et au comportement exubérant après deux verres de limoncello ? Tellement généreuse, en définitive. Et drôle. Incroyablement drôle. Pas très belle, bizarrement gaulée, mais il faut la voir défiler en talons hauts. La classe totale. Une divinité. Est-elle vraiment humaine ? « C'est un ange que tu m'envoies ? » demande Gaëlle au sac en plastique. Bien entendu, elle n'a aucune réponse.

Elle se sert une tasse de café qu'elle sirote la tête vide et le front collé contre la fenêtre. Silence. Personne pour lui dire ce qu'elle a à faire. Pas de rôle à jouer. Pause. Oubli. Vacance. Dehors, des enfants jouent le long d'une voie ferrée désaffectée, envahie par les herbes hautes. Le spectacle de leur joie lui est soudain insupportable. Après avoir croqué une tartine de pain grillé et goûté aux succulentes confitures, Gaëlle fait le tour de l'appartement, tasse de café à la main. Elle passe devant la chambre à coucher dont la porte est ouverte et y pénètre, poussée par la curiosité. Si son hôtesse avait souhaité lui en interdire l'accès, elle l'aurait fermée, non ? Le papier peint aux rayures vert argenté est d'une autre époque. Raffiné, mais pas vraiment sobre. Étonnant. Le couvre-lit élimé, en boutis soyeux vert mousse, ajoute au côté vintage de la pièce, qui contraste avec la cuisine, repeinte et modernisée il y a peu. La commode, l'armoire, la chaise – sur laquelle traînent quelques vêtements d'homme, tiens, tiens… – tout ça semble étrangement figé dans le temps. À l'instar de la photo encadrée sur la table de chevet, représentant deux hommes enlacés, habillés à la mode des années 1990, tee-shirts rentrés dans des jeans 501 cinq poches. Leur sourire à tout rompre donne à leur bonheur une dimension palpable. Ces deux-là sont amoureux, ça saute aux yeux. L'un – à l'évidence un frère ou un cousin de la femme en blanc vu leur ressemblance –, regarde avec intensité l'autre, nettement plus âgé que lui. Un couple original. Un beau couple.

Repassant au salon, Gaëlle dépose le sac de cendres sur la table basse et met un vinyle de Chopin qui traîne à côté de la platine – sa grand-mère paternelle adorait ce compositeur, Arthur, aussi. Les *Nocturnes*. Suprêmes et délicats, disait-il. Puis elle parcourt un magazine littéraire, dont un article retrace la relation tumultueuse entre George Sand et Frédéric Chopin. Dans une lettre à son ami Liszt, qui avait fait se rencontrer les deux amants, le musicien écrivait « *Elle est antipathique, cette Sand* ». Il aurait même ajouté « *Est-ce vraiment une femme* ? ». Ces considérations amusent Gaëlle. Elle s'étonne qu'une dame de cette époque ait pu librement porter un prénom et des tenues d'homme, s'illustrer en tant que romancière, s'impliquer dans la vie politique et, à la fois, susciter autant de passions. Il paraît qu'elle écrivait en l'observant, tandis qu'il composait. Ce romantisme, en apparence si doux, si idéal, plaît à Gaëlle, l'histoire de deux personnes qui se nourrissent l'une de l'autre dans leur production artistique. Elle aimerait s'abandonner à une telle expérience auprès d'un homme. Une romance au quotidien doublée d'une passion créatrice, songe-t-elle en finissant le reste de son café froid, corsé, amer. Sauf qu'elle n'est ni écrivain ni compositeur. Ni amoureuse ! Fatiguée de lire, elle délaisse la revue pour fureter dans la bibliothèque foisonnante de prose anglaise, de livres d'art, où des ouvrages de littérature érotique prolongent le rayon consacré à la poésie française et au théâtre classique. Arthur aurait adoré ! Ses yeux tombent inopinément sur *Le Livre de ma mère* d'Albert Cohen… Gaëlle pâlit. Chopin se tait. Silence lourd, lent, long comme l'éternité. Apnée. Vacillation. Désarroi. L'adolescente marche au hasard, en somnambule, toute raide, toute droite. Elle tend la main vers la poche de son blouson, saisit son téléphone et pianote le numéro de Caroline sur le clavier. Lorsque celle-ci décroche et lance plusieurs « allô » dans le vide, la jeune fille raccroche. Elle est incapable de prononcer un mot. Trop tôt.

La salle de bains de la femme en blanc est un sanctuaire de la féminité. Une impressionnante collection de flacons de parfum – pour femme et pour homme – est accumulée sur les étagères en verre. Gaëlle mesure le moindre de ses gestes, afin de ne rien briser, ayant soudain l'impression d'être un éléphant dans un magasin de porcelaine. Sur le rebord, surplombant la baignoire, s'alignent des petites bouteilles d'huiles essentielles et des bocaux qui contiennent des sels de bain, dont elle inhale les senteurs exquises – rose, violette, lavande. Cette suavité éveille en elle des désirs inhabituels, elle qui s'est privée de tout, depuis qu'Arthur est tombé malade. Elle qui n'a jamais accordé une once de son temps à ces rituels féminins, ces raffinements, ces élancements des sens. L'inédit de la situation l'émerveille. Prise de gourmandise, elle a envie de tester les arômes les uns après les autres, telle Boucle d'or dans la maison des trois ours. Elle choisit finalement la lavande, dont elle rattache la fragrance au souvenir enchanté de ses vacances d'enfant, passées avec son frère et leurs cousins dans la Drôme provençale, au milieu des champs violacés, bourdonnants d'abeilles. Elle en jette une poignée dans la baignoire où l'eau coule déjà bruyamment. Ça fait une éternité qu'elle n'a pas pris de bain. Depuis toute petite, en fait. Elle se glisse dans l'eau, se passe sur le visage et le corps un savon de couleur laiteuse qui sent la fleur d'oranger ; elle en savoure avec avidité l'essence fugace. La volupté est telle qu'elle en a le corps parcouru de frissons. Elle n'a connu chez ses parents que la version spartiate de la cabine de douche en bois et les relents âcres du savon d'Alep, avec lequel on se lave le corps, les cheveux, les dents. On désinfecte même certaines plaies. Là, ses sensations sont tout autres. Elles lui donnent la chair de poule, font pointer ses seins tels deux petits obus, nappent son cerveau d'une brume légère, qui la détend en profondeur et l'emmène loin, très loin. Gaëlle ignorait le pouvoir hypnotique et réparateur des parfums.

Sur une commode, parmi un florilège d'accessoires de maquillage, un détail incongru attire son regard : une bombe de mousse à raser. Revoyant les vêtements masculins dans la chambre à coucher, elle en déduit, peu surprise, que la femme en blanc a un amant. Cette femme est attirante à sa manière. Très attirante, même. Gaëlle se plaît à imaginer un homme plus jeune qu'elle – trente-cinq trente-six ans, voire moins, vingt-sept vingt-huit –, sensible, écorché vif, la traînant aux concerts des Vieilles Charrues à Carhaix. Le pendant sulfureux de son côté angélique. James Franco tatoué par Cheyenne Randall. Elle se souvient avoir vu sur Internet des photos qui l'avaient enflammée. Le torse de l'acteur était couvert d'un pêle-mêle de portraits de femmes, de panthères, de roses épineuses que complétaient une hirondelle dans le cou, un cœur transpercé d'un poignard sur la poitrine, une larme au coin de l'œil, ainsi qu'une inscription sur les poignets : *born free*. La quintessence de la virilité, la beauté au masculin, le diable fait homme.

Les yeux fermés, Gaëlle laisse son fantasme l'envahir, la nimber d'un halo de lumière chaude. Elle en suit le parcours délicieux, effleure de ses doigts le bout de son oreille, sa joue, son cou, sa poitrine, son ventre, son sexe qu'elle caresse avec délicatesse, du bout du doigt, puis de plus en plus frénétiquement, jusqu'à se convulser de plaisir et jouir. Essoufflée et fiévreuse, elle s'enfonce la tête sous l'eau, confuse de s'être ainsi laissée aller.

Quand elle sort de son bain, où elle passe plus d'une heure, Gaëlle se choisit un parfum – *Ô* de Lancôme – et en dépose quelques gouttes derrière ses oreilles, dans sa nuque, entre ses deux seins. Elle est émue d'en apprécier la fraîcheur de citron et de chèvrefeuille, bâtie sur un fond légèrement boisé. Ça pétille, ça sent la joie, ça sent la vie ! Elle a été tentée par les notes chyprées de *Femme* de Rochas. Trop capiteux pour elle. Dommage. Car elle adore l'élégance du flacon. La couleur ambrée du jus aussi, dont la suavité lui a donné envie de le boire. C'est agréable tous ces parfums, en fait, songe-t-elle en contemplant son corps nu dans le miroir, comme si elle le découvrait pour la première fois. Ses courbes douces, sa peau pâle, ses cheveux ras. Soudain, une vague de chagrin l'envahit, plus véhémente que les précédentes. Les larmes lui montent aux yeux, un fleuve de larmes qu'elle ne retient pas, qu'elle ne retient plus. Elle se laisse submerger. Elle ploie sous le fardeau de la douleur, une main sur la poitrine que l'émotion lacère, puis s'affaisse au sol, le corps secoué de sanglots, de hoquets, de râles venus des profondeurs. Un vrai cataclysme. Un séisme de désolation. Un tsunami. Elle lâche prise, abandonne son combat contre la tristesse, laisse son cœur se libérer de sa peine.

Vêtue d'une robe de chambre en satin, trouvée sur la patère de la salle de bains, Gaëlle déambule dans le salon. Pleurer l'a délestée d'un poids. Elle se sent vide. Sur la platine, elle met la face B des *Nocturnes*. Elle se déplace avec langueur, puis prend des poses indolentes sur le canapé, comme si elle interprétait un rôle. Elle joue à être une femme. La femme en blanc, dont elle imagine les attitudes que lui suggère la robe de chambre qu'elle porte. Arthur lui a raconté qu'au théâtre, il aimait improviser à partir de vêtements empruntés à la réserve de costumes du club. Ça l'aidait à créer un personnage, à entrer dans sa peau, à inventer une situation. Elle l'imite, va jusque dans la cuisine se servir le reste de café, débarrasse la table, puis rince la cafetière thermos qu'elle met à sécher sur la paillasse de l'évier, comme si elle était chez elle. Le tout effectué avec des gestes légers, qu'elle suppose être ceux de son hôtesse. De retour au salon, elle feuillette à nouveau le magazine littéraire, essaie de se concentrer sur la découverte d'un autre article, ainsi que le ferait la comédienne. Assez vite, elle se lasse de ce jeu. Être une femme ne l'amuse pas. Elle préfère n'être rien. Ou bien être son frère, s'il faut choisir. Grâce au subterfuge de s'imaginer être une autre, Gaëlle est cependant parvenue à lire l'article consacré à Sand et Chopin dans son intégralité. Elle en est fière. À chacun ses petites victoires, n'est-ce pas ? Ce qu'elle y a appris la désoriente. À la demande de Chopin, Ludwika, sa sœur, aurait fait le voyage de Pologne à Paris pour passer à ses côtés les ultimes semaines de sa vie. Et, selon ses dernières volontés, elle aurait clandestinement emporté le cœur du compositeur, conservé dans un flacon de cristal rempli de cognac, jusque dans son pays natal... Gaëlle n'en revient pas. Bouleversée, elle pose sa main sur le sac en plastique et le caresse du bout des doigts, le regard embué.

PETIT CARNET NOIR

Mémé Greloute nous jouait du piano, dans son salon, le dimanche après le dessert – son fameux fondant au chocolat –, tu te souviens ? Je revois ses grands doigts maigres effleurer les touches noires et blanches, telles des gouttes de pluie fine sur des pétales de rose. Elle aimait Brahms, Bach, Chopin. « Chopin… Une musique tellement fuyante, tellement intime, disait-elle. Comme si on lisait un livre : on a des visions, on voit des personnes et on vit avec elles, le temps du morceau, tant elles sont vivantes. Les émotions contenues dans la partition sont si naturelles que, d'une certaine façon, on ne peut pas apprendre à jouer sa musique, ni la reproduire ; il faut la créer et la ressentir en allant chercher à l'intérieur de soi-même. »

C'est en abordant Shakespeare, au lycée, que j'ai réellement compris ce qu'elle nous racontait, chère mémé Greloute. Se laisser traverser par les mots que l'on prononce comme s'ils venaient de nos profondeurs, pas de notre tête. Le sentiment plus que le sens. Donner vie à des êtres humains, en incarner les énigmes brûlantes, et non pas seulement servir de vecteur à des idées. Je suppose que pour tes combats, il en va de même, petite sœur. Si tu te contentes de la brutalité du coup, rien ne se passe qu'une forme de barbarie ou de défoulement, de prouesse physique. Au contraire, si tu connectes le geste à tes entrailles, à ton humanité, ton art devient un dialogue avec le corps de l'autre. Une rencontre. Un ballet presque. Riche, élégant, mystérieux.

Et développer son imaginaire. C'est primordial, ça aussi. L'imagination… Faculté maîtresse de l'artiste. Toute sa vie. Pommier qui peuple son île et nourrit sa langueur. Elle éclaire son chemin, l'accompagne en tous lieux. Parfois, elle le trahit, lui fait prendre des vessies pour des lanternes, le dévore, le rend inapte aux plaisirs simples. Qu'importe ! Elle ensemence et elle engendre !

Shakespeare est l'imagination même. À la fois homme et femme. Il est tous les rois et toutes les reines, les mendiants, les sorcières, les nourrices, les vierges, les assassins. Par temps calme ou par tempête, avec un brio comparable à la lumière des étoiles sur la mer, il est la soif de tous les sangs et le nectar de toutes les tendresses. En lui, même les objets sont des êtres vivants, les forces de la nature, les fantômes. « Il passe du prince Hamlet, qui se couronne de silence, à Prospero, roi qui abdique, affirmait mon professeur de théâtre. Quel accomplissement ! Tout entier homme jeune et homme mûr. Tantôt dans l'action, tantôt dans l'émoi. Shakespeare est si libre qu'il s'efface invariablement dans les formes qu'il contemple et qu'il délivre en les créant. » Grandiose, n'est-ce pas ?

Que j'aimerais pouvoir encore parler de tout ça avec toi, ma sœur.

Ces cendres… Peut-être faudrait-il que Gaëlle les garde, après tout. Comme l'a fait Ludwika avec le cœur de Chopin, jusqu'à sa propre mort, où il a été cédé à des prêtres polonais puis placé dans une urne scellée à un pilier de l'église Sainte-Croix de Varsovie. Une fois les cendres dispersées, son frère ne sera plus là. Plus là du tout. La jeune fille réalise la dimension définitive de ce geste, si elle l'accomplit. Le vide abyssal qu'il engendrera. Il signifiera le triomphe de la mort et signera la fin irrévocable de leur enfance.

— Tu lui as promis, murmure la femme en blanc.

— Je sais.

— Et puis, des cendres, ça n'est pas lui.

— C'est de la poussière de lui.

— La nostalgie est un poison, crois-moi.

Gaëlle est prostrée, le nez dans une assiette de pâtes qu'elle ne parvient pas à terminer, l'air abattu. Outre le doute qui s'est emparé d'elle, elle craint de se faire arrêter avant d'arriver jusqu'à l'île d'Aval. Glacée à l'idée d'être traquée comme une scélérate. Elle n'avait pas prévu que la police serait à ses trousses. Elle n'avait rien prévu, de toute façon. C'est son problème. Elle n'anticipe jamais rien et voilà le résultat. Elle se sent bête. Inutile. Et lâche.

Lorsque la femme en blanc est rentrée, une heure plus tôt, c'est-à-dire vers minuit, elle a été étonnée de trouver Gaëlle complètement léthargique sur le canapé. Une contrariété qui venait s'ajouter à celles de sa journée de répétitions, durant laquelle le jeune acteur choisi pour interpréter Puck, le lutin du *Songe d'une nuit d'été*, s'est cassé le pied, accident compromettant les représentations dont la tournée débute dans quinze jours.

Tandis qu'elle rince la vaisselle, une idée lui traverse l'esprit, qui pourrait arranger tout le monde. Et si Gaëlle reprenait le rôle ? La femme en blanc est certaine qu'elle serait parfaite. Puck est un personnage asexué, avec peu de texte, demandant un travail essentiellement corporel. Elle la présenterait au metteur en scène et s'arrangerait pour le persuader de l'engager. Un : ils la cachent. Deux : elle a le temps de réfléchir à ce qu'elle va faire des cendres de son frère. Cerise sur le gâteau : elle gagne un peu d'argent. Une poignée de dates est prévue autour de Trébeurden. Une fois dans les environs, Gaëlle déciderait du moment opportun pour agir.

— Je t'aide, tu m'aides. C'est simple.

— Et la police ?

— J'ai une solution. Tu me fais confiance ?

Prise au dépourvu, la jeune fille ne répond pas spontanément. Elle hésite. Un flot d'émotions inonde à nouveau son cœur et délaie ses pensées. La femme en blanc a peut-être raison. Gaëlle ne devrait pas renoncer à sa promesse. Et monter sur scène serait comme un défi qu'elle se donnerait pour honorer la mémoire d'Arthur. Vivre par procuration son rêve d'acteur serait une manière de garder un peu de lui en elle. En est-elle capable ? Saura-t-elle jouer la comédie ? Aura-t-elle assez d'énergie et de courage pour se rendre sur l'île d'Aval, une fois sur place ? Ne ferait-elle pas mieux de garder les cendres, voire de les rendre à ses parents et de se réconcilier avec eux ? Peut-elle mettre son orgueil de côté, et accepter le secours de cette femme qu'elle connaît à peine ? Toutes ces questions se bousculent dans sa tête. Après un long moment, l'adolescente plonge son regard brisé dans le bleu malicieux des yeux de la comédienne et accepte la proposition. Le « tu n'as pas vraiment d'autre choix » que cette dernière lui murmure avec douceur finit de la convaincre.

La femme en blanc se démaquille face au miroir de la salle de bains, ses cheveux blonds retenus par un bandeau en éponge. Gaëlle l'observe, embarrassée que sa nouvelle amie ait insisté pour qu'elle assiste à ce rituel intime. Elle l'a suivie pour ne pas la contrarier, mais, en réalité, elle tombe de fatigue.

— C'est une routine obligatoire, dit la comédienne. Tu dois savoir les bons gestes pour pouvoir les faire toute seule. Moi, j'ai appris en regardant les autres.

— Je me maquille jamais.

— Les flics recherchent un garçon manqué ? On va brouiller les pistes.

Elle fait glisser une des portes du placard, derrière laquelle est rangé tout un arsenal de produits de maquillage, ainsi qu'une collection de perruques. Gaëlle masque sa surprise face à tant de choix et de possibles identités. Ce qui la séduit chez la femme en blanc, c'est qu'elle semble se consacrer à sa féminité en esthète et de façon ludique, par goût personnel et pour se plaire avant tout à elle-même. Serait-ce pour charmer les hommes ? La jeune fille ne saurait le dire, elle n'a aucune connaissance de la vie intime de son hôte. Elle suppose qu'il y a au moins un amant. Régulier, puisqu'il laisse ses affaires chez elle. Un mari ? Non. Trop conventionnel. Et barbant. Très absent, si tel était le cas. Un homme marié ? Plus probable. Plus amusant, plus risqué. Un *sex friend*, sinon. C'est bien, ça, les *sex friends*. Pas d'engagement, pas de possession de l'un par l'autre et inversement. Du bon temps, de la rigolade, on fait l'amour quand on a envie, et voilà ! Elle la verrait bien avec un homme de ce genre. Et si c'était un des comédiens de sa troupe ?

Gaëlle découvre l'univers de la femme en blanc avec effarement. Le plus surprenant est qu'elle ne s'ennuie pas, comme elle aurait pu a priori se le figurer. On se croirait dans une loge de théâtre ! Son attirail de postiches lui sert peut-être pour ses rôles.

— On te choisira celle qui te va le mieux au teint.

— Quoi ? Une perruque ? Tu rigoles ?

— J'en ai l'air ?

Gaëlle pince ses lèvres pour ne pas laisser échapper sa désapprobation.

— Si les flics nous arrêtent, tu es bonne pour l'hôpital psychiatrique et moi, pour la prison. Je ne sais pas combien on prend, en cas de détournement de mineure, et je n'ai pas vraiment envie de le savoir.

— J'ai dix-huit ans dans quinze jours…

— On va se mettre au vert, chez Erwan, le metteur en scène. Et vivre incognito.

— C'est-à-dire ?

— On part tout à l'heure.

— T'es sérieuse ?

— Tu me fais confiance ?

Gaëlle est désemparée. Elle ne sait que répondre. Une angoisse l'envahit. Une panique. Que ferait Arthur ?

— Ça te dérange si je mets un peu de musique ? Ça m'aidera à me concentrer, dit-elle en sortant son portable. Chopin ?

La femme en blanc acquiesce et commence son exposé d'une voix douce, déployant une gestuelle précise et volontairement hyperbolique.

— Le démaquillage de la zone fragile des yeux, c'est tous les soirs avant d'aller au lit, afin d'éviter les allergies et les irritations. On prend un coton qu'on imbibe de lotion spécifique. On le pose sur la racine des cils quelques secondes, comme ça, et on l'étire jusqu'aux pointes, tout doucement, sans frotter. Ensuite, sur les paupières, on passe un coton propre, imbibé de la même lotion, de l'intérieur vers l'extérieur, pareil. Tout en délicatesse.

Elle continue avec le visage, le cou, pour achever sa démonstration par une crème de nuit « obligatoire pour hydrater la peau ». Puis, sous les yeux éberlués de Gaëlle, elle enlève en silence sa perruque blonde, sous laquelle des cheveux poivre et sel, courts, sont aplatis par un bas couleur chair qu'elle ôte. Privé de fard et encadré par les cheveux gris, le visage de la comédienne révèle des traits tirés et plus durs. Mâchoire carrée, lèvres longues et épaisses, fossette dans le creux des joues et sur le menton, ride profonde formant un sillon des ailes du nez jusqu'aux commissures de la bouche, front strié, pattes-d'oie, yeux cernés d'une ombre légèrement violette. Un visage marqué mais beau au naturel. Un visage qui a une histoire, un vécu, une douleur. Le maquillage en masquait les imperfections et en éclairait le teint, certes. Gaëlle le trouve plus rayonnant tel quel. Rock. Brut. Vulnérable. Même si, avec les cheveux gris, il est vrai que la femme en blanc paraît plus âgée. A-t-elle besoin de ces artifices pour se sentir belle à ses propres yeux, pour plaire à son homme, envoûter le public ?

Chopin. *Ballade n° 4 en fa mineur*, *opus 52*. Un chef-d'œuvre, traversé par un art absolu de la polyphonie, où alternent deux sentiments – l'un triste et le second plus serein –, se superposant tels deux contraires, s'alliant pour le meilleur et pour le pire. Sans conflit, sans antagonisme, sans haine. Le Yin et le Yang. Un sommet de l'écriture harmonique. Gaëlle adore ce morceau qu'Arthur avait choisi comme musique de fond pour travailler le monologue d'Hamlet. Elle se laisse bercer par la musique, tandis que la femme en blanc rassemble dans une énorme trousse de toilette les accessoires nécessaires à leur périple. Elle se retourne ensuite vers la jeune fille, brusquement sortie de sa rêverie musicale quand, passant sa main sous son peignoir, la femme en blanc sort de son soutien-gorge deux prothèses mammaires en silicone qu'elle jette au fond de son sac de voyage, dans une attitude grandiose d'actrice de mélodrame.

— Mmmais... balbutie Gaëlle.

— On a chacun ses petits et ses grands secrets, n'est-ce pas ? dit la femme en blanc d'une voix grave tout à coup.

La jeune fille n'en croit pas ses yeux.

— Les vêtements d'homme, la mousse à raser...

— À moi.

— T'es un trans ?

— Juste un homme. Qui joue des rôles de femmes et qui les teste dans la vie avant de les interpréter sur scène.

— Pourquoi tu me l'as pas dit ?

— Ça aurait changé quoi ?

— Je sais pas. Enfin, je veux dire... Rien.

Gaëlle s'assoit sur le rebord de la baignoire. D'un geste machinal, elle se tâte les seins pour vérifier qu'elle n'est pas devenue un garçon par enchantement. La vie est parfois tellement folle ! Simultanément, elle se regarde dans la glace pour s'assurer que la scène à laquelle elle participe est bien réelle, qu'elle n'est pas en train de rêver. Il paraît que dans les songes, à l'instar des vampires, on ne perçoit pas son propre reflet. Mais elle ne rêve pas et elle est toujours une fille. Le miroir lui renvoie l'expression ahurie qui fige son visage et celle, espiègle, de son acolyte. La voilà bel et bien en train de parler à un homme qui était une femme une minute auparavant, à la voix suave, aux manières délicates.

— C'est toi le garçon sur la photo, dans la chambre ?

— Oui.

— Tu t'appelles comment, en vrai ?

— Samuel. Sam, pour les intimes.

Même si elle est habituée à la confusion des genres – on pourrait d'ailleurs dire qu'elle en est une partisane –, Gaëlle est sous le choc. A-t-elle à ce point si peu le sens de l'observation, pour n'avoir perçu aucun signe de l'identité masculine chez la femme en blanc ? En tout état de cause, l'homme à ses côtés possède une parfaite maîtrise de son don de transformation et le théâtre, tel qu'il le pratique, lui permet une liberté incommensurable. Jusqu'à parvenir à changer sa voix, dont le timbre est presque rauque, maintenant que Sam est débarrassé de ses atours féminins. Arthur aurait-il été capable d'aller aussi loin dans le jeu des apparences ? Elle ne le saura jamais. Elle ne l'a vu interpréter que des personnages masculins. Et il n'était qu'aux prémices de son art…

— Tu y as cru ? lui demande Sam.

— Je pensais que tu étais un ange, pour te dire la vérité.

— Presque. Je suis la reine des fées, en fait… Dans le spectacle, je veux dire, ajoute-t-il en riant.

La première fois que le metteur en scène lui a proposé de jouer les rôles féminins dans les pièces qu'il montait – en référence à l'époque de Shakespeare où les femmes étaient interdites sur les plateaux de théâtre, tous les rôles étant interprétés par des hommes –, Sam a pris la proposition comme un défi. Il s'est dit : « Si tu étais né femme, comment serais-tu ? Pas comment te sentirais-tu dans la peau d'une femme, mais bien comment serais-tu ? » Être. La question essentielle pour un acteur. Alors il a répondu à Erwan, le metteur en scène, qu'il ne participerait à l'aventure qu'à condition d'y croire lui-même et de faire croire aux autres qu'il était une femme dans la vie de tous les jours. Pour cela, Sam a demandé un petit budget, afin de réaliser des essais de maquillage, de coiffure, d'habillage, tâtonnant jusqu'à ce que la composition soit authentique. Vraie. Lorsqu'il a constaté le résultat sur les photos prises par Erwan et dans le regard des inconnus qu'il croisait dans la rue, il a reconnu y être parvenu. Une ombre s'était toutefois glissée au tableau. Sam était choqué – en réalité meurtri – de ne pas paraître physiquement attirante, tel qu'il le présumait. Au fond de lui, il était persuadé d'être une belle femme. Séduisante et sexy. Ça n'était pas le cas. Les premières années, du moins. Alors, il a pensé à toutes celles qui ne sont pas dans les canons esthétiques de leur époque, que les hommes ne désirent pas, ni même ne regardent, et que la société met au ban de la sexualité, ressentant à leur égard une immense empathie. De ce jour, Sam a décidé qu'il incarnerait ces femmes-là sur scène, les méprisées, les laissées-pour-compte, les « trop ceci pas assez cela », cette humanité offensée dont le véritable éclat vient d'une blessure. Ainsi s'est-il pris d'affection pour les anti-héroïnes de Shakespeare, apportant à chacune, y compris Titania, l'étincelante et désirable reine des fées du *Songe d'une nuit d'été*, une part extrême de vulnérabilité. Il créerait des femmes d'une beauté fragile et éphémère. Une beauté à part.

Être une femme, Sam a toujours eu ça en lui. Enfant, il prenait autant de plaisir à s'amuser dans la serre avec les outils de jardin de son père qu'à coudre des habits pour des personnages de filles imaginaires qu'il inventait devant le miroir, le temps d'un après-midi. Il retouchait les robes que sa mère ne mettait plus, se fabriquait des jupes avec un vieux jean ou une taie d'oreiller. Il encerclait des billes dans du fil de fer et se confectionnait des bijoux originaux qu'il vendait ensuite dans les vide-greniers, afin de ne pas attirer les soupçons sur lui. Plus qu'être femme, c'était changer de peau qu'il aimait. Acteur, il avait souhaité le devenir depuis le jour où, à l'école, il avait participé à un petit spectacle sans paroles. Il jouait un Pierrot qui devait décrocher la lune. À huit ans, ça marque ; du moins quand on a le théâtre dans le sang, ce qui était son cas. Masqué, accroupi derrière un rideau, il en sortait sur la pointe des pieds au moment où la lune descendait des cintres, suspendue à un fil transparent. Soudain, face au public, il avait vu à travers son masque tous ces visages et ces regards brillants qui attendaient que quelque chose ait lieu. Il s'était alors senti investi d'une mission extraordinaire, gagné par la certitude d'être un artisan du rêve, un faiseur de merveilles, un passeur d'histoires.

« C'est ça que je veux faire » avait-il confié à ses parents à l'issue de la représentation. Il n'en était pas question, il serait horticulteur, comme son père, qui lui avait brisé le cœur en balayant son rêve d'une sentence cruelle : « Tu n'es pas assez beau pour faire l'acteur. »

— Le théâtre a donné un sens à ma vie, avoue-t-il à Gaëlle.

Il achève de l'émouvoir lorsqu'il plante ses grands yeux couleur d'azur dans les siens et lui lance : « Tu vas t'en sortir, toi aussi. » L'adolescente est impressionnée par la sincérité de ce témoignage et par la douleur discrète qu'elle distingue dans le regard de son compagnon de route. Par pudeur, elle détourne la conversation :

— C'est qui l'autre homme, sur la photo ?

— David. Mon amoureux.

— Il vit pas avec toi ?

— Il a disparu.

— Disparu ? Tu veux dire qu'il est mort ?

— Je ne sais pas.

— Comment ça, tu ne sais pas ?

— Disparu. Il y a vingt-cinq ans. On n'a jamais retrouvé son corps.

Gaëlle, désorientée, est suspendue à ses lèvres…

Pendant longtemps, il avait suffi à Sam et à David d'être proches l'un de l'autre, de se balader, de parler ensemble, de s'embrasser quand c'était possible, souvent avec maladresse. Leurs corps avaient mis du temps à s'éveiller l'un à l'autre, ils se contentaient de flirter, n'exigeaient rien. Dans la solitude du lycée Saint-Ilan – il y était élève interne en horticulture, David, professeur d'anglais –, Sam s'était habitué à fantasmer des scènes suggestives qui le faisaient tourner et retourner dans son lit la nuit, jusqu'au vertige. Il allait parfois même jusqu'à s'imaginer des rendez-vous clandestins dans une salle de cours, où il collerait avec fermeté l'attirant professeur contre le tableau noir, déboutonnerait son pantalon – sous lequel il serait nu, bien sûr –, pétrirait ses fesses de ses mains fines, caresserait son sexe et entrerait en lui, allant, venant de plus en plus intensément, le respirant dans le cou, où l'odeur musquée de sa peau se mélangerait à celle, âcre, de la craie. D'autres fois, il se visualisait avec lui en train de courir sur une plage déserte, en direction de la mer. Ils jetteraient leurs corps à l'eau, feraient l'amour dans le remous des vagues. Plus tard, ils danseraient librement en boîte de nuit sur des rythmes endiablés, les corps lovés l'un contre l'autre, se frottant avec félicité. Des fantasmes stéréotypés de jeune homme inexpérimenté.

Était-ce l'action écrasante du réel sur son désir ? Lorsqu'il était en présence du charmant David, le corps de Sam ne savait plus ce qu'il voulait. Leur relation naissante avait un caractère tabou qu'il assumait mal et dont la complexité inhibait chez lui toute excitation. Il avait dix-sept ans, David, quasi le double. Il était l'élève, lui, le prof. Sam craignait de le décevoir, de ne pas être à la hauteur, de ne pas savoir comment s'y prendre pour lui donner du plaisir, redoutant lui-même de ne pas oser s'y abandonner. Enfin, ils étaient des hommes et David était marié, père d'une petite fille. Tout pour plaire et rendre l'idylle impossible. Mais David était épris. Il avait réalisé, à la faveur de ce coup de foudre inopiné pour son élève, combien il s'était fourvoyé dans un mariage très éloigné de sa vraie nature. Il ne brusquait rien. Il brûlait en silence, patient et amoureux. Lors de leurs rendez-vous secrets, il couvrait le corps de son jeune amant de sa sensualité et de sa tendresse. Il œuvrait à ce que le désir monte au point de devenir irrésistible et dicte alors aux mains, aux bouches, aux peaux les gestes de l'amour.

Souvent ils se retrouvaient à l'orée d'un bois, pour d'interminables promenades sur des chemins jonchés de jonquilles.

Ils s'émerveillaient de ces parterres dont la sève suintait des tiges dès qu'ils les avaient cueillies, et dont la fleur à corolle jaune vif, veloutée de pollen, donnait l'impression qu'elle avait été inventée à la Cour de la reine Elizabeth d'Angleterre. Inventées, non, s'indignait David. Les stylistes de l'époque s'étaient inspirés de ce trésor végétal pour garnir de fraises et de collerettes les garde-robes de la noblesse ; la jonquille existait avant eux. Il lui semblait assez ironique, quand il y pensait, que ces fleurs préfèrent les sous-bois ou les abords des périphériques citadins, aux parcs paysagers des demeures royales. Si peu snob, la jonquille était une campagnarde, dont le raffinement naturel s'était invité chez les grands du monde de la Renaissance, avait-il conclu, ému de voir son doux élève le dévorer du regard, tandis qu'il lui en tendait un bouquet.

Un jour, enfin, cette attente avait été récompensée. Un dimanche du mois de juin, précisément. Sam venait d'avoir dix-huit ans, comme dit la chanson. Rien ne leur était plus interdit. David lui avait révélé son corps à lui-même, lui en parlant avec pudeur, comme d'un bijou précieux. Il avait regardé son sexe, longtemps, lui avait fait une déclaration d'amour avec des mots comme « superbe », « puissant », « gorgé de vie », l'effleurant du doigt et de la bouche, lui donnant le surnom de « belle jonquille », afin d'en valoriser la virilité et de dédramatiser la situation aux yeux de son jeune amant. Sous ses mots, ses baisers et ses caresses, Sam se sentait homme, il se sentait beau, il se sentait humain.

Au moment où il l'avait empli, il s'était senti devenir lui, par David.

Sam ne connaissait pas *Le Blé en herbe* – un des romans de Colette qui avait fait scandale. Lorsqu'il le découvrit des années plus tard, il regretta de ne pas l'avoir lu auparavant, supposant que ce livre lui aurait donné l'intuition de son propre destin. Il aurait pris la disparition de la mystérieuse Madame Dalleray, à la fin du récit, comme un signe du destin, un présage de ce qui arrive aux amours trop audacieuses. Il aurait peut-être été préparé à celle de David, un soir d'avril de l'année suivante, où ils étaient seuls à Ploumanac'h, sur la plage de Saint-Guirec.

La journée avait été estivale. De ces journées radieuses de début de printemps qui, au fil des heures, conservent un brin de la limpidité de l'aube. Arrivés dans l'après-midi, ils s'étaient attardés à contempler, dans une béatitude idiote, les grandes nappes de soleil répandues sur le sable et les ombres profondes qui s'enfouissaient dans le creux des rochers, oubliant combien d'heures ils étaient restés ainsi. Les moments les plus importants sont toujours au-delà du temps. L'endroit était idéal pour célébrer leurs amours interdites. David avait prévu quelques biscuits apéritifs, une bouteille de champagne, des flûtes en cristal. Du Pol Roger, le champagne de Winston Churchill et de la famille royale d'Angleterre, Sam s'en souvient encore. Il ne l'a jamais bu. La bouteille est au frigo depuis plus de vingt ans.

Après une baignade express – il faisait très beau mais l'eau était fraîche, la marée basse – David était parti marcher sur les rochers, dont les formes étranges, fruits de l'érosion, le subjuguaient. Sam s'était endormi, allongé sur sa serviette. Ce dernier peinait déjà la nuit à trouver le sommeil, déchiré entre la peur que leur union soit découverte au lycée et l'envie paradoxale d'en crier la splendeur à la face du monde. Il avait entendu parler du suicide de Gabrielle Russier, à la fin des années soixante, qui avait emporté dans la mort les sentiments éperdus qu'elle éprouvait pour un étudiant dont elle était la maîtresse. Deux ans plus tard, le jeune homme avait accordé au *Nouvel Observateur* un entretien dans lequel il exprimait sa désolation :

« Ce n'était pas du tout une passion. C'était de l'amour. La passion, ce n'est pas lucide. Or, c'était lucide. [...] Le reste, les gens le savent : c'est une femme qui s'appelait Gabrielle Russier. On s'aimait, on l'a mise en prison, elle s'est tuée. C'est simple. »

L'amour de Sam et David était de cette trempe : hors la loi, hors la morale, hors tout et ça leur allait bien. Ils s'étaient aménagé un petit nid d'amour dans un appartement à Saint-Brieuc dont le bail était au nom de Sam et dont David payait le loyer en liquide, pour n'éveiller aucun soupçon. Là, ils étaient à l'abri des regards, personne ne les connaissait dans cette ville relativement dépeuplée. Ils avaient pour projet de s'y installer ensemble, avant de partir vivre en Angleterre d'où était originaire David, ce dernier ayant décidé de mettre fin à sa double vie et d'annoncer prochainement à sa femme qu'il la quittait. De son côté, Sam avait informé ses parents qu'il ne reprendrait pas l'affaire horticole familiale et avait réaffirmé sa vocation d'acteur, profitant également de l'occasion pour leur avouer son homosexualité. Il ne leur avait pas parlé de David, bien sûr. Un ouragan de violence s'était alors abattu sur la maison. Il s'en souvient comme si c'était hier. Tandis que sa mère lui lançait sans ménagement qu'il était la honte de la famille, son père s'était levé d'un coup de sa chaise et avait quitté la cuisine pour y revenir, un fusil à la main, en hurlant un retentissant « Dégage ou je te troue la tête ! » L'aurait-il fait ? Aurait-il tiré ? Sam ne le saura jamais. Et il s'en moquait, d'ailleurs. Son désir de vivre était tel qu'il surpassait sa peur. S'il avait été naïf, il aurait pu dire que le sort avait puni ses parents de leur méchanceté à son encontre ; ces derniers avaient été tués par un chauffard dans un accident de voiture quelques mois plus tard. Mais naïf, Sam ne l'était pas. L'affreux dénouement de son histoire familiale avait été une double peine pour lui, fils banni puis orphelin, qui s'était senti coupable du décès de son père et de sa mère, interprétant la catastrophe comme une conséquence désastreuse et inconsciente de sa révélation. Il n'avait pas de goût particulier pour le drame, ni les séries noires et pourtant…

À son réveil, Sam était seul sur la plage. Le vent s'était levé, accompagnant la marée qui montait rapidement. Pas de David. Ses affaires étaient toujours là où il les avait posées, avant de partir se promener et que Sam s'assoupisse. Il avait fouillé les alentours, ce soir-là et les journées qui avaient suivi, décidé à ne pas signaler son absence à la gendarmerie, de crainte d'être suspecté, voire accusé, de sa disparition. Il souhaitait tout sauf un scandale autour de son histoire d'amour. Les gens ont si vite fait de salir ce qu'ils ne comprennent pas… Tous les jours, il épluchait les journaux locaux pour vérifier si on y annonçait la découverte, dans le coin, d'un corps qui aurait été rendu par la mer, échoué quelque part sur la grève ou sur les rochers. Rien. Aucun signalement. Aucune nouvelle. Aucune trace de son amant. Mort, il l'aurait pleuré. En fuite, il l'aurait recherché. Dépressif – il est vrai que David avait tendance à l'être depuis qu'il projetait de quitter femme et enfant –, il l'aurait conduit chez un psychanalyste ou un médecin. Mais disparu… Que faire de l'insolubilité de cet événement ? Sam était soudain face au néant, abattu, démuni, dans l'impossibilité de confier sa détresse à quiconque. Car qui était-il dans cette situation ? Quel nom donne-t-on à celui qui languit d'amour pour un homme évaporé dans la nature, avec lequel, de surcroît, il entretient une relation cachée ? Incapable de mettre fin à ces jours – il était trop accroché à l'espoir absolu que David réapparaisse –, Sam s'était mis en état de suspension.

À l'instar de la plupart des amoureux abandonnés, qui se figent dans la perspective du retour de l'être aimé, Sam était devenu celui qui attendait. Pénélope guettant en vain la réapparition d'Ulysse. Il s'était laissé dériver un temps, se coupant progressivement du peu d'amis qu'il avait. Il redoutait que ces derniers percent son mal-être, qu'ils captent à travers ses humeurs ou son attitude les stigmates de son indicible détresse, qu'ils le questionnent sur son regard navré et le renvoient ainsi à son abomination. La femme de David, qui ignorait tout de leur aventure, s'était dès le premier soir inquiétée de l'absence injustifiée de son mari, du silence opposé à ses messages et ses textos, auxquels il répondait d'habitude prestement. Elle s'en était ouverte au directeur du lycée qui n'avait pas su lui répondre, puis avait signalé sa disparition aux forces de l'ordre. Une enquête avait été menée, ponctuée d'interrogatoires des élèves et de l'entourage du professeur, irréprochable aux yeux de tous et que chacun qualifiait d'homme tranquille. Aucune allusion à son ambiguïté sexuelle n'avait été signalée, les amants ayant su garder leur idylle secrète. Face au vide laissé par le disparu, l'affaire a été classée sans suite ; le corps de David n'a jamais refait surface. Un monstre marin l'avait-il dévoré ? Ou bien avait-il été emporté dans les profondeurs océanes par quelque sirène envieuse de sa beauté ? Quoi qu'il en soit, son absence emplissait la gorge de Sam d'un goût de renonciation.

Rien ni personne ne le retenait en France. Le jeune homme s'était donc exilé en Angleterre, après avoir vendu l'entreprise horticole de ses parents à des cousins. La décision en avait été prise un jour de mai, le premier exactement, où le vent dans les rues de Saint-Brieuc était parfumé au muguet – il s'en souvient parce qu'il s'en était offert une immense gerbe pour l'occasion. La nécessité de survivre s'était imposée à lui, dont l'impulsion lui avait été soufflée par une phrase de Kierkegaard, attrapée au vol dans une revue de philosophie : « Je suis pauvre – tu es ma richesse ; sombre – tu es ma lumière [...]. Je n'appartiens qu'à toi, je n'existe pas, j'ai cessé d'exister afin d'être à toi. » À Londres, il avait épousé la culture de son bien-aimé et se nourrissait avec boulimie de sa langue maternelle, jusqu'à s'effacer lui-même et devenir « celui qui n'était plus là », en attendant qu'il revienne. Sam avait relégué son moi et son passé aux oubliettes et avait fait sa raison d'être de ce deuil impossible. C'est dans ces dispositions qu'il avait commencé le théâtre, à Londres tout d'abord, puis en Bretagne, après sa rencontre décisive avec un certain Erwan, Breton pure souche, sur les bancs de l'Actors Center, où, ensemble, ils avaient appris le métier de comédien.

La nostalgie est mauvaise conseillère dans les situations d'urgence. Elle enferme, elle inhibe, elle empêche. L'heure n'est plus aux souvenirs, ni au passé. La nuit a été féconde en confidences, en partage d'émotions, en joies de la vie d'avant. Une nuit bouleversante et inoubliable, durant laquelle Sam a raconté David, et Gaëlle, Arthur, chacun se livrant pour la première fois. Une nuit à marquer d'une pierre blanche. À présent, il leur faut agir.

Sur le lit, Sam a disposé deux grosses valises. Une pour elle, une pour lui.

— Choisis-toi des fringues, celles qui te plaisent, dit-il.

Face à la penderie, Gaëlle reste interdite.

— Y a rien qui me plait.

— Imagine-toi que c'est pour un spectacle.

— Je suis pas actrice.

— Si. Tu es actrice. De ta propre vie, pour commencer.

— Et je suis censée être ?

— Une jeune fille pétillante et légère. À moins que tu préfères retourner à l'hôpital psychiatrique des garçons manqués…

Gaëlle hausse les épaules en levant les yeux au ciel et reste immobile, les bras ballants, incapable de faire un choix dans cette garde-robe d'une autre époque et d'un genre si différent du sien. Mini-jupe en jean, cache-cœur léopard, chemisier en soie échancré, cette panoplie de pin-up ne lui inspire rien. Affligé par son apathie, Sam soupire et sélectionne les vêtements à sa place. Autant gagner du temps.

— Dans le carton, en bas de l'armoire, à gauche. Essaie les deux paires à talons.

— Elles sont un peu vieillottes, quand même…

— Du pur vintage. Tu seras sublime dedans.

— D'où ça vient, tous ces trucs ?

— Des rôles de femmes que j'ai joués.

Gaëlle ôte ses Dr Martens et enfile une paire de chaussures à talons en maugréant.

— Je suis pas sûre de pouvoir marcher avec.

— Tu vas apprendre. Prends-toi les tennis, aussi.

— Celles… Avec les talons compensés ?

— Tu n'aimes pas le rose ?

— Euh… Non.

— *New look, baby girl !* Les mecs vont t'adorer…

Gaëlle est consternée.

— Et toi, tu vas t'habiller comment ?

— Jean, marinière. Mec lambda. Breton de base.

— Et je pourrais pas me faire un look de Bretonne lambda, moi aussi ?

— Faut casser ton image. Ils sont futés, les flics.

Il ouvre un tiroir de la commode, duquel il sort une dizaine de paires de collants, dont un à motifs géométriques qu'il tend à Gaëlle, ainsi qu'une jupe courte, un caraco, une veste en jean sans manches.

— Enfile ça, et ça. Avec ça, tiens. Et hop !

Puis il boucle sa propre valise, laisse Gaëlle se changer et file vers la salle de bains.

— Prends tes affaires perso. Elles te serviront forcément un jour ou l'autre, lance-t-il.

— Bien, maître, répond-elle, sarcastique.

Gaëlle retrouve Sam devant la coiffeuse de la salle de bains. Il l'observe dans le miroir, l'œil qui frise :

— Rousse, brune ou blonde ? Ou rose.

— C'est obligé ?

— Obligé.

— Rousse, alors. Brune, ça ressemble trop à ce que je suis. Blonde, j'assume pas.

— Ça t'irait bien, pourtant. Avec ta peau claire.

— Je suis affreuse. C'est pas la couleur des cheveux qui va changer la donne.

— Et rose ? demande Sam, taquin.

— Dans tes rêves de pervers.

Il pare la jeune fille d'une superbe perruque rousse, longue et bouclée, après avoir soigneusement glissé les autres dans des sachets en tissu.

— Rien de tel que la beauté qui s'ignore, lui dit-il, droit dans les yeux.

Gaëlle jette un regard furtif dans la glace, assistant avec stupeur à sa métamorphose. Elle admire cette manière qu'a Sam de donner aux choses leur importance exacte, leur poids, de ne jamais manifester de cynisme ou de complaisance à son égard.

Ce dernier est amusé par son trouble.

— Ce sont de vrais cheveux. Ceux que je portais pour jouer Katharina dans *La Mégère apprivoisée*.

— Ça me serre ! dit-elle sur un ton plaintif.

— Faut souffrir pour être belle.

— Alors je préfère rester moche.

— Je t'interdis de dire ça. Tu entends ?

— Ça fait pas un peu pute tout ça, quand même ?

— T'es une femme et t'es belle. OK ?

— Je sais pas.

— OK ? insiste Sam en fronçant les sourcils. Du moins pour le temps qu'on va passer ensemble.

Gaëlle acquiesce pour ne pas le contrarier. Mais n'en pense pas moins.

— Faut que tu profites de ta jeunesse, dit Sam d'un air solennel.

— T'as profité de la tienne, toi ?

— Non.

— Alors arrête de projeter sur moi, s'il te plaît ! On dirait ma mère.

— Mais, Gaëlle… Je suis ta mère ! ajoute-t-il en imitant Dark Vador.

La jeune fille sourit. La fantaisie facétieuse de son compagnon de fugue désamorce systématiquement la violence qui sourd en elle. Personne n'y était jamais parvenu jusque-là, du moins avec autant de facilité. Sa liberté de ton, l'absence d'enjeu dans leur relation, sa spontanéité. En quelques jours, leur rencontre a pris l'allure de ces grandes amitiés dont Gaëlle rêvait quand elle écoutait Arthur lui lire des passages des *Trois Mousquetaires*. « Un pour tous, tous pour un. » En est-elle digne ? Elle n'est pas certaine de ce qu'elle pourrait faire pour Sam, si ce n'est lui causer des ennuis. Garde du corps, peut-être. Elle est parcourue d'un frisson lorsqu'elle prend pleinement conscience qu'il y a de cela à peine une heure, elle croyait être en présence d'une femme… La vie a son lot de malheurs, mais également de circonstances surprenantes. L'écho de leurs deux destins, malgré la génération qui les sépare, la laisse songer qu'Arthur se réjouit de cette rencontre. De là où il se trouve, tire-t-il les fils de son destin ? Elle aura besoin qu'il la guide, si elle doit faire l'actrice sur scène. Et dans la vie de tous les jours, aussi. L'horreur.

Sam supervise le look *girly* de Gaëlle puis l'entraîne de nouveau dans le salon, où il l'aide à se créer une démarche, juchée sur des talons hauts. « Tête en l'air, épaules détendues, poitrine saillante. Ne regarde pas par terre mais dans la direction où tu vas ! » s'exclame-t-il. Pour qu'elle garde son équilibre, il lui conseille de s'imaginer une ligne droite lui traversant le corps, de façon verticale, le long de sa colonne vertébrale. Les fluctuations de ses premiers essais déclenchent chez eux une série de fous rires, mais, à aucun moment l'adolescente ne se décourage, soutenue par son âpreté à la tâche et l'exigence admirative de son Pygmalion. Il la reprend à la moindre imperfection. Elle qui, depuis l'enfance, a toujours eu une foulée longue, la voilà contrainte à faire de petits pas lents contre-nature, telle une geisha. Un supplice. Dans un premier temps, le comédien lui enseigne comment poser le talon au sol, puis les orteils, délicatement, enfin à déplacer le poids du corps de l'arrière vers l'avant. Après l'enterrement de ses parents, alors qu'il était abattu, une vieille dame de son village lui a donné un conseil, raconte-t-il : « Dans les moments difficiles, fais de petits pas. Fais ce que tu as à faire, mais petit à petit. Ne pense pas à l'avenir ou à ce qui pourrait arriver demain. Tu fais un pas et tu t'arrêtes. Tu te reposes. Tu te félicites d'avoir avancé un peu. Puis tu fais un autre pas. Ensuite un autre. Tu ne le remarqueras pas, mais tes pas grandiront de plus en plus. Et le moment viendra où tu pourras penser à l'avenir sans pleurer. »

Gaëlle est émue. Personne ne lui a jamais parlé ainsi. Avec Sam, tout paraît différent. Sa personnalité est tellement hors norme, tellement en écho avec sa vie à elle. Elle se demande s'ils ne sont pas le reflet l'un de l'autre… À voir leur connivence, on pourrait penser que ces deux-là étaient faits pour se rencontrer. Elle apprend de nouveaux gestes – tout est dans le détail quand on travaille un rôle, lui enseigne-t-il –, des attitudes qui lui provoquent des crampes, tant son corps n'y est pas accoutumé. Elle s'arrête, reprend, se plaint d'avoir mal partout. Un mal nécessaire, prétend le comédien que ces lamentations n'apitoient pas. La main sur la nuque, le poids du corps sur la jambe gauche, le pouce dans la poche de la jupe en jean, côté déhanché. Ce que Sam aime dans la féminité balbutiante de Gaëlle, aussi artificielle soit-elle – mais, après tout, chacun n'est-il pas l'architecte de ce qu'il devient ? –, c'est que celle-ci n'est pas dans l'incitation. Elle est dans l'apparition. L'éclosion. L'impertinence de sa jeunesse. Elle est la beauté faite fille. Vénus naissant des eaux.

— La version d'Andy Warhol, alors, s'esclaffe Gaëlle.

Sam lui montre ensuite comment se maquiller de façon à effacer tout ce qui pourrait la rendre identifiable. Il attrape un pinceau dans la trousse de toilette et le passe sous l'eau.

— Tu dois le mouiller, si tu veux que ton trait soit net. Ferme les yeux. Lorsque tu te maquilles, dis-toi que tu es une artiste. Sauf que... au lieu de peindre sur une toile, tu peins sur ton visage ! Tu n'as jamais regardé ta mère se maquiller le matin ?

— Ma mère se maquille pas. Elle met du rouge à lèvres quand elle sort, c'est tout. Rouge vif. Sa folie, ce sont les fringues, les chaussures et les sacs à main. Une panoplie qui frise l'indécence. Mais le maquillage, les brushings : non. Ceci dit, je trouve ça mieux. Le côté naturel.

— En voilà un point commun, toi qui parais si en colère contre elle. Étonnant, non ? On déteste les gens qui nous ressemblent trop, en fait. On les hait et puis un jour, hop, on se réconcilie. Va savoir pourquoi… C'est la vie !

— T'as jamais voulu te faire opérer ? Pour devenir une femme, je veux dire ?

— Être une femme est mon travail, pas ma raison de vivre. Je suis bien dans mon corps d'homme. Dans l'intimité, du moins. En société, je m'y ennuie. Je m'y sens seul. Et laid.

Au fond de lui-même, il est vrai que Sam s'estime plus femme qu'homme. C'est une chose qu'il a en lui, qu'il ne peut pas étouffer, et dont l'origine inconsciente trouve sa source dans le traumatisme causé par la phrase assassine de son père, lorsqu'il était enfant : « Tu n'es pas assez beau pour faire l'acteur. » Se travestir l'aide à conjurer le mauvais sort, à effacer la parole maudite qui le maintiendrait enfermé dans une piètre image de lui-même, s'il devait se contenter de sa peau d'homme. Quelle défense un enfant peut-il construire contre l'abominable anathème prononcé par un adulte, qu'il considère comme un dieu tout-puissant ? Porter des vêtements de femmes ne le change pas, mais le renvoie à un soi-même supportable. Innocent, pourrait-on dire. Sublimé. Cela le protège du souvenir de ses parents et de leur comportement ignoble. Leurs projections sur lui, avant sa révélation et ses conséquences épouvantables, avaient toujours été impossibles à porter. Dès sa naissance, on l'avait cantonné dans des idéaux et des projets d'avenir à l'inverse des siens. Avec perruque et soutien-gorge, il se sent plus léger, plus vivant que dans ses habits civils. Il se trouve beau. Paradoxalement plus fort. « Je est un autre » écrivait Arthur Rimbaud. Sam en est l'incarnation. Tout comme l'est Gaëlle, à sa manière. Chacun d'eux voit dans ce refus de s'inscrire dans un genre particulier une symétrie, un effet miroir. Ils s'accordent sur le fait que l'habit ne fait pas le moine !

Malgré tout, Sam aime son corps d'homme. La volupté qu'il tire à se transformer n'est pas forcément liée à un besoin d'être aimé en tant que femme, même si c'est troublant et agréable. Non. Outre un bien-être, il tire des personnages qu'il interprète en scène une satisfaction qu'il qualifie de politique. Son objectif est de laisser une empreinte, de bouleverser les codes, de planter des petites graines dans les têtes, semences dont il espère qu'elles deviennent une forêt dense et luxuriante, capable de transmuer les haines et les préjugés. Ces rôles féminins qu'il joue l'aident à s'aimer tel qu'il est. Ils sont une extrapolation de son « moi » profond. Un « moi » augmenté. Avec moins de barrières, moins de complexes, moins de mélancolie. Davantage d'estime de soi.

— C'est pas un peu *too much* les fringues, la perruque, le maquillage ? demande Gaëlle en observant son reflet dans la glace.

— L'exubérance est le meilleur moyen de passer incognito.

— Tu crois ?

— Les gens regardent le look, pas la personne. On a moins de chance d'être reconnus.

Sam finit d'emballer affaires de toilette et maquillage. Il lui tend un tube doré.

— Rouge à lèvres.

— Ah non !

— Si. Obligatoire.

— Je sais pas faire.

Dans un élan de mansuétude, il lui peint la bouche d'un rose nacré qui lui illumine le visage.

— T'es encore une petite fille, en fait.

— Je suis qui je veux.

— Évidemment. Allez, on se casse !

Le temps de fuir est revenu.

Petit carnet noir

Il y a ce film d'Alfred Hitchcock que nous sommes allés voir à la cinémathèque avec tonton Clément. La Loi du silence. *Tu t'en souviens forcément : tu m'avais broyé la main pendant la projection tellement l'histoire t'angoissait. Je vous avais parlé de la méthode de travail des artistes américains qui se forment à l'Actors Studio – nous en avions étudié les fondements en cours de théâtre –, leur façon de privilégier un jeu organique, toujours basé sur la sincérité, ainsi qu'une identification totale à leurs personnages. Tout cela me questionnait. « James Dean, Marlon Brando, Dustin Hoffman, et tant d'autres, Marilyn Monroe même, tous sont passés par-là » avait ajouté mon professeur. Des monstres sacrés.*

Tonton Clément avait souhaité apporter sa pierre à mon édifice de comédien en herbe en nous faisant découvrir son acteur fétiche : Montgomery Clift. Selon tonton, ce dernier avait bousculé le cinéma dans sa conception des rôles masculins aux antipodes de la virilité monolithique chère à son époque.

J'étais stupéfait qu'un seul homme ait pu à lui seul faire une révolution ! De façon radicale, il avait modifié l'image du héros américain, en révélant à travers ses compositions, des émotions, des tourments, des doutes qui troublaient et motivaient son jeu. « Avant James Dean ou Marlon Brando » avait dit tonton Clément.

Un pionnier. Un moderne. À la fois homme et adolescent, antihéros mélancolique, réservé, jamais dans la caricature, rebelle, incompris, vulnérable et sensuel, violemment indépendant, dandy. Une référence qui avait tout pour me plaire et me faire réfléchir.

C'est vrai qu'avec Monty – ainsi le nommait-on à Hollywood –, on voit le personnage penser. Dans ce film-là, sa douleur est telle qu'on a du mal à regarder l'écran, parce qu'elle devient gênante. Tonton Clément nous avait appris que l'acteur avait passé une semaine dans un monastère pour s'imprégner de l'atmosphère et être le plus vrai possible dans la peau du prêtre. Il avait même appris à dire la messe. C'est génial de travailler comme ça. Et chez Hitchcock, ce que j'adore, c'est le sous-texte. Le dialogue dit une chose, l'acteur en joue une autre. Ainsi donne-t-il de l'épaisseur et une résonance particulière à la scène. Il ne se contente pas de jouer la situation telle qu'elle est écrite ; il en invente une autre. Là réside tout l'art du jeu : savoir choisir le juste contrepoint. Ça se passe comme ça dans la vie, n'est-ce pas ? Les gens n'expriment pas leurs pensées intimes, ils échangent des banalités pour mieux dissimuler leurs intentions, leur manque de confiance ou bien leurs failles. Je le comprends au moment où je n'ai plus assez de vitalité pour l'expérimenter sur scène, mourant dans le regret – tiens, j'en ai un, que l'empreinte de ce film en moi fait affleurer – de ne pas pouvoir vivre ma passion du théâtre et du cinéma.

J'aurais aimé avoir un destin d'acteur. Être moi et être d'autres, dans des spectacles ou dans des films. Je me serais épanoui en révolutionnant les codes de mon époque. Tu m'aurais appelé « mini Monty ».

Pas eu le temps. Putain de vie trop courte.

Assis à l'avant d'une Estafette, côté passager, Sam est en pleine discussion avec Erwan. Ce dernier – un homme replet, aux joues légèrement couperosées, d'âge incertain – jette un coup d'œil contrarié dans le rétroviseur et fixe Gaëlle qui s'est endormie sur un des sièges arrière, ses écouteurs dans les oreilles. Face à un silence plus long que ceux, fréquents, qu'il lui connaît, Sam insiste. Elle est instinctive, physique, intelligente ; il s'occupera de la mettre dans le rôle, le temps que Erwan boucle la mise en scène des marionnettes avec Steven.

— C'est pourtant pas compliqué à comprendre... On te garantit les dates que Julien ne peut pas faire, qu'est-ce que tu veux de plus ? Tu préfères annuler la tournée ?

— Autant me faire un deuxième trou de balle.

— Tu nous loges au gîte, on répète dix jours non-stop, elle assure les spectacles en attendant que Julien remarche. C'est simple. Non ? Tu me fais confiance ?

Erwan ne répond pas. Sam s'agace :

— Tu me fais confiance ou pas ?

Erwan et Sam, ça dure depuis Londres. Un vieux couple, donc. À la différence qu'ils n'ont jamais été amants. Amis seulement. À la vie, à la mort. Erwan a bien tenté sa chance, à plusieurs reprises, au temps de leur jeunesse. Il profitait de soirées arrosées pour faire à Sam des avances pleines de caresses et de mots doux. Mais Sam n'a pas cédé à ces propositions flatteuses. Sam ne couche pas. Sam ne couche plus. Sa sexualité s'est arrêtée le jour où David a disparu, le choc ayant eu sur sa libido des conséquences irréversibles. Mais, comme dit la chanson, il faut bien que le corps exulte. Alors, au fil des ans, Sam s'est mis à collectionner les ouvrages de littérature érotique (voire pornographique) dont les raffinements varient en fonction des auteurs, préférant les blandices de l'onanisme à celles du sexe : Apollinaire, Anaïs Nin, Boris Vian, Oscar Wilde pour ne citer que les plus connus. Il les lit toujours avec délectation, se laissant transporter par les mots, leur chair vibrante – tantôt poétique, tantôt crue –, au point d'en connaître certaines pages par cœur. Il en tire des sensations exquises, dont la valeur est nettement plus élevée que n'importe quelle relation sentimentale ou charnelle.

À sa grande surprise, l'arrivée de Gaëlle apporte à sa vie un souffle inespéré ; elle le force à rebondir, à se réinventer, elle défie le désarroi dans lequel il était inconsciemment englué depuis longtemps. Le désarroi affectif. Pas le désarroi sexuel. Car Sam n'éprouve pour la jeune fille aucune attirance physique. En réalité, elle éveille en lui un sentiment dont il ignorait l'existence : la compassion. Et peut-être aussi un élan paternel qu'il ne saurait admettre. Leur rencontre lui signifie à quel point se consacrer à un autre que soi a une vertu motrice inestimable. Malgré les risques courus, Sam puise dans cette situation une vitalité qu'il ne soupçonnait pas en lui.

L'œil rivé sur la route, Erwan bougonne.

— Elle a quoi comme formation ?

— Sportive.

— Tu te fous de moi ?

— C'est génial pour Puck. Elle le jouera à l'instinct.

— Française ?

— Bretonne. 100 % pur beurre.

— Quel âge ?

— T'inquiète, je te dis. Moins tu en sais, mieux ça vaut.

— Je te préviens, je veux pas d'emmerdes.

— T'en auras pas. Elle est réglo. Cash mais réglo.

— Et si on a un contrôle ?

— Tu me mettras tout sur le dos.

— Elle fait gamine, quand même.

— Et alors ? Pour jouer un lutin, c'est parfait. Elle va cartonner auprès des enfants.

Erwan gare l'Estafette dans la cour d'une ancienne ferme située dans l'arrière-pays de Saint-Brieuc. Son lieu de vie, son havre de paix et de création. Il coupe le contact et plante ses yeux dans ceux de Sam, dont le bleu pâle s'intensifie de gratitude, et qui le troublent toujours autant lorsqu'ils soutiennent son regard. Erwan le connaît, s'il fait ça pour cette môme, c'est qu'il y trouve son compte. À quarante balais et des poussières, si on n'aide pas la jeunesse en difficulté, alors que soi-même on n'a pas d'enfants, c'est qu'on n'a rien compris à la vie.

Adolescent, lui rêvait d'une jeunesse riche en rencontres amoureuses et artistiques, hésitant entre Paris et Londres pour tenter sa chance. Impossible en effet de construire sa vie en Bretagne du Nord ; c'était la fin des années 1990, il avait dix-neuf ans, se savait homosexuel, le taisait – l'invisibilité était encore de mise –, et souhaitait devenir acteur. Parce qu'elle lui semblait moins snob et plus proche de sa terre natale, il a choisi l'Angleterre, d'autant qu'une cousine de sa mère et son britannique de mari tenaient un pub vers Camden Market. Ils pouvaient le loger ; Erwan a saisi la balle au bond. Ses proches l'avaient encouragé à partir. Si la vie d'artiste ne marchait pas, il parlerait anglais couramment et pourrait le cas échéant se trouver un boulot d'interprète ou d'enseignant. Ainsi, avec une émotion contenue mais douloureuse – le petit dernier quittant le nid, ce n'est pas rien – les époux Tanguy avaient conduit le fiston jusqu'à Saint-Malo, afin qu'il embarque pour Portsmouth où ses cousins étaient venus le cueillir. Et lui de voguer vers l'aventure, Shakespeare et les petits Anglais !

En dehors des cours d'art dramatique, Erwan travaillait comme serveur chez ses cousins, ce qui dispensait ses parents de devoir lui fournir trop d'argent de poche. Ils ne roulaient pas sur l'or : père marin-pêcheur, debout à l'aube, quelle que soit la saison, âpre à la tâche, mais un peu trop porté sur la bouteille le soir au dîner ; mère poissonnière à la criée de Loguivy-de-la-Mer, obstinément catholique et maussade. Que son cadet prenne la tangente vers des horizons qu'elle s'imaginait merveilleux – quand l'aîné prenait la même voie que son père –, la consolait en partie de sa vie morose. De son côté, Erwan avait pour ambition, le jour où il rentrerait inévitablement en France, de transformer la caravane vintage de ses grands-parents en scène mobile pour faire du théâtre itinérant. En cela, il était le digne héritier de son père ; comme lui, il avait un goût immodéré de l'indépendance et de la liberté.

Ironie du sort, pour lui qui avait toujours fantasmé sur les Anglais, c'est sur Sam que Erwan avait tout d'abord jeté son dévolu. Son côté écorché vif et risque-tout faisait écho en lui qui courait après l'amour et ses intensités dramatiques. Bien vite dissuadé par ce dernier, dont la vie était exclusivement consacrée à sa passion du théâtre, il avait transmuté son attirance en camaraderie, courant d'autres lièvres, anglais ceux-là, pour le coup. Quoiqu'il y ait eu un *one shot* avec un bel Italien lors d'une fête… Mais là n'était pas l'essentiel ! Les deux « Frenchies » de l'Actors Center étaient devenus d'inséparables amis, partageant le même enthousiasme pour la culture anglo-saxonne, notamment les pièces de Shakespeare, dont ils étudiaient les incommensurables mystères.

Difficile, toutefois, de se faire une place au soleil au pays de Sa Majesté, quand on garde une pointe d'accent français dans la langue si complexe du génial dramaturge. Alors, après trois années de cours et d'insouciance, les deux complices étaient rentrés en Bretagne, forts de quelques expériences inoubliables. Parmi elles, celle de monter, dans l'arrière-salle du pub des cousins, une flopée de spectacles courts – allant du vaudeville à la pantomime, en passant par le cabaret –, comme cela se pratiquait beaucoup, là-bas.

Ça fait maintenant plus de vingt ans qu'ils présentent leurs créations vagabondes sur les places des villages de Bretagne, dans les cours d'écoles, de collèges, de lycées, dans les campings. Après avoir débuté par des spectacles pour enfants, ils sont arrivés au fil des ans à ces versions modernisées (et adaptées en français) des pièces de Shakespeare, auquel ils ont initié le public breton. Ils parviennent à gagner leur vie, ce qui leur a toujours semblé relever du miracle.

Les yeux dans les yeux, Erwan lance à Sam d'un ton bourru :

— Tu as cinq jours pour lui apprendre les déplacements et le texte ; la dernière semaine sera consacrée à faire des filages, comme prévu.

Gaëlle admire Sam et Erwan d'avoir eu si tôt le courage de se consacrer à leur passion. Elle, elle ne sait rien de ses envies. Elle leur parle d'Arthur, du fait qu'il ait étudié et joué Shakespeare au lycée, de son intérêt prononcé pour le théâtre ; comme eux, il rêvait de grands rôles. Sam se doute-t-il qu'elle voit parfois en lui un signe envoyé par son frère ? Et si, dans la vie, tout était écrit d'avance, comme dans les pièces de théâtre. Et s'il était impossible de changer le cours de son existence. Et si… Dans la grange, où est entreposée la fameuse caravane-théâtre, la jeune fille est assise en tailleur face à ses nouveaux compagnons de route. Pour calmer son mental qui s'égare, elle se concentre sur le récit de leurs aventures de jeunesse. Elle les écoute, des étoiles plein les yeux, soufflant sur son café du matin pour qu'il tiédisse.

Quand les deux compères ont créé ce concept de théâtre itinérant, ils ont habilement transformé la caravane des grands-parents en une fausse roulotte de romanichels, confiant les travaux à un chaudronnier-métallier qui y a ajouté des renforts, une ouverture d'un des pans sur vérins hydrauliques et des pieds autoréglables. En une demi-heure, la scène est dressée et les derniers raccords peuvent alors commencer, en vue des représentations du soir. La caravane-théâtre est devenue un rendez-vous régulier pour les habitués amateurs de divertissement, dont le nombre va croissant. « Les gens ne se rendent pas au théâtre, c'est le théâtre qui vient à eux ; dans le milieu rural, ça compte, ces modestes attentions », affirme Erwan avec fierté. Ce dernier s'est taillé une jolie réputation dans le coin. On respecte son travail. On l'apprécie. À commencer par ses parents qui, contre toute attente, ont accueilli et accompagné avec enthousiasme son projet, tout au long de son évolution, parents que Erwan compte parmi ses premiers spectateurs à chaque nouvelle pièce, son père ayant, à la retraite, délaissé les bateaux et l'océan ; sa mère, sa tristesse et ses idéaux religieux. Leur mariage a même trouvé un second souffle à travers les audaces de leur fils cadet.

Partout où elle passe, la caravane fait sensation. « Un théâtre de poche, une boîte à rêves, une caverne d'illusionniste », chacun la nomme comme il l'entend. On se souvient qu'elle a été le balcon (et le tombeau) des amoureux de Vérone, la première année, puis la grotte écossaise des époux Macbeth, sanguinaires assoiffés de pouvoir et maudits par un trio de sorcières maléfiques. Il y a dix ans, elle a servi de cirque dans une version burlesque de *La Mégère apprivoisée*, pour devenir l'antre de Prospero, entourée des plages de son paradis d'exil ; Prospero, magicien de *La Tempête* dont les manigances ne sont pas sans rappeler celles de Merlin, le célèbre enchanteur de la culture bretonne. Cette année, elle est le refuge féerique de Titania et Obéron, au cœur d'une forêt où s'entrechoquent amours contrariées, bouffonneries et sortilèges. Dans *Le Songe d'une nuit d'été*, le visible flirte avec l'invisible, le réel avec le fantasme, le rêve avec le cauchemar, la farce avec la gravité, l'ordre avec le désordre, le désir avec l'amour… Erwan pérore tandis qu'il détaille les grands thèmes de la pièce et ajoute que, dans ce monde surnaturel, le temps d'une nuit, ont lieu d'étranges mutations : les sentiments des garçons pour les filles sont renversés ; un tisserand est transformé en âne et vit une nuit d'amour échevelée avec la reine des fées ; les artisans deviennent acteurs d'une lamentable tragédie, tout cela sous le regard amusé de Puck, l'espiègle lutin.

C'est ainsi que Erwan et Sam présentent le projet à Gaëlle en qui ces mots-là résonnent, même si les deux acolytes vantent les mérites de leur spectacle comme on le fait dans un tract publicitaire ! Le chaos, elle connaît. La confusion, elle en est pleine. C'est même le socle de son monde intérieur. Que la pièce plonge acteurs et spectateurs au cœur d'une forêt enchantée – sortie tout droit de la mythologie celtique et des légendes populaires – et donne à voir la nature humaine se débrider au clair de lune lui plaît beaucoup. Gaëlle est plus excitée par l'aventure qu'elle n'en a peur. Pourtant, elle a un trac phénoménal. Tout ce qui lui arrive est-il bien réel ? Ces gens qui lui parlent de théâtre, ainsi qu'Arthur le faisait, et l'invitent à monter sur scène, existent-ils vraiment ? N'est-elle pas en train de rêver ?

— Je reste derrière le buisson pendant toute la scène entre toi et Erwan ?

— Exactement.

— Et je fais quoi ?

— Tu écoutes avec les yeux.

— …

— Quand c'est ton tour de parler, tu sors, la bougie à la main, et tu balances ton texte.

— Et je regarde où, avec mes oreilles ? Nan, je rigole.

— Droit devant toi. Tu t'imagines que tu parles à ta meilleure copine.

— J'ai pas de copine.

— À quelqu'un que tu aimes bien, alors…

Gaëlle et Sam se sont mis au travail tout de suite après le petit déjeuner. Ils ont lu à voix haute les scènes où Puck apparaît, se sont interrogés sur les enjeux, les situations, le personnage, ce qui le caractérise, son objectif, ses actions. Il n'est question que de cela. Agir. Les Anglais ont d'ailleurs deux mots pour nommer ce que l'acteur fait en scène : « *To play* » et « *To act* », jouer et agir. Pas de psychologie dans les scènes que Gaëlle doit interpréter. Sam lui a indiqué les grandes lignes de la mise en scène, qu'ils ont conçue à deux, Erwan et lui : d'humbles éléments de décor, modulables, symboliques d'une forêt ; un portant sur lequel sont suspendus costumes et accessoires caractérisant chacun des personnages que les deux comédiens ont à incarner. Ils passent parfois instantanément de l'un à l'autre ; Sam interprète les rôles féminins de la pièce, Erwan, les rôles masculins. Pour jouer les artisans, ils ont embauché Steven, un marionnettiste avec lequel ils ont l'habitude de travailler ; ce dernier manipule ses poupées de bois au-dessus d'un théâtre miniature, à l'avant-scène, Erwan et Sam prêtant leurs voix aux personnages. Le théâtre dans le théâtre, Gaëlle adore.

Forcé de rejoindre Steven, Erwan leur a laissé les clés du gîte et de la grange, où ils répètent à présent, devant la caravane, entourés d'un fatras de décors, d'accessoires et de costumes. C'est là, en effet, que la troupe entrepose son matériel et ses surplus. Alors qu'une heure plus tôt elle découvrait cette caverne d'Ali Baba, Gaëlle oscillait entre émerveillement et tristesse. Elle pensait à Arthur... Elle a erré un moment parmi le fouillis de la grange, caressé les étoffes, les rochers en carton-pâte, les épées de bois, puis a fini par se ressaisir.

Sam lui montre tous ses déplacements, scène après scène, l'invite à se les noter sur le script qu'il lui a confié, afin qu'elle ait une référence précise pour s'entraîner toute seule. Demain, il l'aidera à écrire sa conduite, c'est-à-dire la liste chronologique de ses entrées et de ses sorties, ainsi que des changements de décor dont elle aura la charge pendant le spectacle. « Une conduite, c'est un peu comme une partition, en plus prosaïque » lui apprend-il. En fin de journée, ils ont dégrossi le parcours de Puck. Gaëlle a la tête farcie et le corps endolori. Elle n'a pas l'habitude de tant de concentration. Elle sort faire quelques exercices physiques pour décharger sa nervosité, étirer ses muscles et respirer à pleins poumons l'air frais de la campagne qui les entoure. Elle oxygène son être. Elle s'est aperçue qu'elle restait en apnée lorsque Sam lui expliquait les choses, figée dans la crainte de ne pas comprendre. Du coup, elle peine à se détendre, suffoque, s'embrouille. Elle ne sait pas se concentrer sans se crisper. Elle s'en veut d'être comme elle est. Elle en a marre d'elle-même. Si seulement elle pouvait changer…

Après la pause, histoire de s'amuser un peu, Sam propose à Gaëlle de lui faire répéter sur scène le court monologue de la fin de la pièce. Il lui demande d'enfiler une partie du costume initialement prévu pour le comédien qu'elle remplace, qui s'avère trop grand pour elle. Ils abandonnent alors l'idée et reportent au lendemain la question de ce que la jeune fille portera pour incarner le fameux lutin. Pour le moment, Sam veut surtout voir jouer Gaëlle.

— C'est quoi cet air chagrin ?
— Je cherche un sous-texte…
— Pense premier degré. Pense tendresse, pense sourire, ça le fera. Je sais, c'est carrément du contre-emploi, mais bon.
— Je suis pas sûre de me souvenir de tout.
— C'est pas grave. Essaie ! On révisera tout à l'heure. Ce qui compte, maintenant, c'est l'authenticité, pas le texte.

Surgissant derrière un buisson situé au fond de la caravane, une bougie à la main dont l'éclat projette son ombre vacillante sur la paroi, Gaëlle lance le texte qu'elle a mémorisé :

> Si les ombres que nous sommes
> et les mirages
> Auxquels vous avez assisté
> vous ont déplu,
> Imaginez (et nous disparaîtrons)
> Que vous étiez plongés
> dans un profond sommeil,
> Et que cette comédie n'était
> qu'un rêve,
> Le songe d'une nuit d'été[7] !

Elle donne aux mots qu'elle prononce une ingénuité et une insolence fragiles. Cette vulnérabilité qui la caractérise, c'est ce que Gaëlle apporte sur scène et qui lui tient lieu de sous-texte, en l'occurrence. Sam est cueilli par sa fraîcheur ;

elle le renvoie à celle qu'il a perdue, avec le temps, et qu'il peine de plus en plus à réinventer au fil des représentations. L'expérience professionnelle donne certes de la profondeur aux acteurs, voire une certaine présence, mais elle truffe leur jeu de tics, dont il est parfois difficile de se débarrasser. Il faut faire preuve d'une vigilance de tous les instants. La jeunesse de Gaëlle risque de bousculer leurs vieux réflexes, à Erwan et à lui, plus que ne le faisait celle de Julien, dont la trentaine aux traits juvéniles, si elle était adorable, conférait à son travail un esprit composé. Le théâtre n'en aura jamais fini de surprendre Sam. Et la vie ! Sa rencontre avec l'adolescente, ainsi que les déplorables circonstances dans lesquelles elle a eu lieu, prend soudain l'allure d'un heureux hasard.

Nuit noire, sans lune. Une ombre rôde parmi les ombres. Silencieuse. L'évidence qu'il fallait partir a submergé Gaëlle pendant le dîner. Erwan avait apporté des pizzas qu'ils ont dévorées, accompagnées de blagues salaces et de Breizh Cola. Le nec plus ultra de la gastronomie pour adolescents. Vaccin contre le vague à l'âme. Malgré cette franche gaieté, une petite voix sournoise parlait en boucle dans la tête de la jeune fille ; elle l'accusait de trahir la mémoire de son frère par le simple fait de prendre du bon temps et lui ordonnait de lever le camp. Gaëlle s'est soudain sentie prise en porte-à-faux entre le désir de satisfaire Sam, sa peur d'être arrêtée par la police et la nécessité de remplir sa mission, que son ami l'encourage précisément à mener à bien, avec bienveillance et abnégation. De ces tourments, elle aurait pu s'accommoder, si Erwan n'avait pas trouvé, dans le journal du soir, un avis de recherche qui la concernait, provoquant la stupeur générale.

Afin de dédramatiser la situation, Sam a avoué la vérité à Erwan, heurté de ne pas avoir été informé. « Dans ces cas-là, moins on en sait, mieux ça vaut pour tout le monde » a répété Sam, puis il a renchéri : ce n'était pas un crime de vouloir aider une adolescente à tenir une promesse faite à un frère défunt, c'était même le minimum syndical de la solidarité entre « gens pas comme les autres », ainsi que les nommaient les journalistes locaux au début de leurs aventures théâtrales bretonnes. Erwan n'a rien répondu, ce qui, chez lui, signifie qu'il consent. Mais un malaise s'est emparé de Gaëlle : une culpabilité, lancinante et oppressante, doublée d'une certitude qu'elle leur attirerait de sinistres ennuis. Elle a prétexté une grosse fatigue pour rejoindre sa chambre, où elle a rassemblé ses affaires dans son sac à dos. Puis elle a rédigé une lettre. Sa décision était prise.

Cher Sam,

Pardon. Mille fois.

Je trahis ton amitié et ta confiance, vous abandonnant Erwan et toi, alors que vous comptez sur moi. Vous allez me détester et vous aurez raison.

Ne crois pas que je sois indifférente à votre spectacle. Je suis certaine qu'il est d'utilité publique, comme le sont tous les spectacles, des plus légers aux plus engagés. Donner du rêve aux gens est une mission à part.

Je me sens coupable de vous laisser ainsi en plan. Pardon. Mais je me sens plus coupable encore à l'idée des problèmes que ma présence parmi vous pourrait vous causer. Je m'en voudrais qu'il vous arrive quoi que ce soit de grave par ma faute. Alors je pars. Ton amitié – un petit miracle que je ne mérite pas – m'en donne la force. C'est mieux pour toi, pour vous, pour moi.

Si la police m'arrête avant que j'aie pu disperser les cendres de mon frère, c'est que, décidément, j'ai tout faux dans la vie. Ma consolation sera que, du moins, ma courte présence à tes côtés ne t'aura pas porté tort. Merci pour tout ce que tu as fait pour moi. Merci. Merci. J'aime ce que tu es. C'est le cœur déchiré que je m'enfuis. Je ne dois être bonne qu'à ça. Fuir.

Avec un peu de chance, je parviendrai à boucler ce que j'ai à faire en une journée ou deux, sans me faire remarquer. Bientôt, j'aurai dix-huit ans. Le début de la fin de mon cauchemar. S'il est encore temps et si vous ne m'en voulez pas trop, je pourrai revenir et m'investir vraiment dans votre projet… Mais voudrez-vous d'une fille égoïste ?

Pardon, mon ami. Pardon.

Gaëlle.

Elle s'est ensuite couchée tout habillée, guettant le bruit des pas de Sam dans le couloir. Il a frappé délicatement à la porte, l'a entrouverte pour vérifier qu'elle allait bien. Gaëlle n'a pas bougé, simulant le sommeil, l'âme meurtrie. Sam n'a pas insisté. Quand le silence a envahi le gîte, elle s'est glissée dans l'obscurité et a marché à pas de loup jusqu'à la porte d'entrée.

La voilà à présent qui longe le bâtiment, sous un ciel pailleté d'étoiles, loin de s'imaginer que, dans le jardin, Sam prend le frais, allongé sur une chaise longue. Ça fait des années qu'il ne dort plus, ou très peu ; il veille (inconsciemment, bien sûr) afin de ne pas rater le retour de David. Sait-on jamais ? David… Son messie. Son deuil impossible. Son apoplexie. Gaëlle hurle de frayeur quand il lui lance un « bouh ! » suivi d'un sarcastique « Tu n'es plus fatiguée, on dirait ».

La jeunesse ignore souvent que son intelligence en cache une autre, celle, plus clairvoyante, plus sage et moins agitée, des adultes. C'est le cas de celle de Sam. Même s'il connaît Gaëlle depuis peu de temps, ce dernier a suffisamment d'expérience et d'esprit de déduction pour avoir remarqué certains détails incongrus. Par exemple, que l'adolescente n'est pas de ceux qui vont se coucher sous prétexte qu'ils sont las, encore moins du genre à dormir nue. Or, tout à l'heure, il a vu, sur la chaise devant la fenêtre de sa chambre, le tee-shirt qu'elle porte en guise de pyjama.

— Il n'y a rien de plus beau qu'un ciel d'été, dit-il fasciné. Ils ont annoncé une pluie d'étoiles filantes pour cette nuit.

— Je t'ai laissé un petit mot dans la chambre.

— Ah ! Qui dit quoi ?

— Que je reviendrai.

— Et tu crois que je vais te laisser partir, comme ça ? On a conclu un marché avec Erwan, tu te rappelles ?

Gaëlle tressaillit. Elle ne répond pas. Un silence s'installe, que Sam finit pas rompre.

— Tu me crois à ce point dépourvu d'intuition ?

— Je te demande pardon, Sam. C'est pas contre toi, ni contre Erwan…

— Moi aussi, je te demande pardon.

Puis, après un deuxième silence, il enchaîne :

— C'est moi qui ai les cendres de ton frère.

D'un geste précipité, Gaëlle ouvre son sac à dos, en sort la poche en plastique, effectivement remplie de minuscules billes de polystyrène.

— Salaud, lance-t-elle d'une voix étranglée.

— Je me suis dit qu'il valait mieux que ce soit moi qui les garde, au cas où on se ferait arrêter par la police. Pour prendre un maximum de choses à ma charge et t'éviter de cumuler les ennuis, tu vois. Une sorte de générosité liée à l'amitié que j'éprouve pour toi. J'avoue qu'elle en prend un coup, ce soir. Mais bon… Personne n'est parfait. Le monde entier est un théâtre, n'est-ce pas ?

> La vie est une ombre en marche,
> une pauvre actrice
> Qui, en scène, se pavane et s'inquiète
> Et puis qu'on n'entend plus[8].

— Maintenant, tu vas bien écouter ce que j'ai à te dire, poursuit Sam. La promesse faite à ton frère, tu la tiendras, en temps et en heure. Parce qu'à moi, tu peux faire confiance. Je te conduirai à l'île d'Aval, comme prévu. Et tu vas aussi tenir ton engagement vis-à-vis de Erwan et moi. Tu bosses comme on te le demande. Tu te tiens à carreau jusqu'à Trébeurden, où on sera la semaine prochaine. Tu assures les représentations et, en plus, tu es agréable, tu t'amuses, tu es de bonne humeur. Tu apprécies la chance qui t'est offerte de tomber sur une équipe de gens honnêtes et suffisamment affables pour te prendre à leur charge. En revanche, si tu nous poses le moindre problème, je te reconduis chez tes parents. C'est simple, net, sans bavure. Tu m'as bien compris ? Il y a très peu de chance que les flics te cherchent parmi une troupe de comédiens. Donc tu respires un bon coup, tu viens t'asseoir et tu profites des étoiles filantes pour faire des vœux et te dire que tu appartiens à un monde formidable. L'émerveillement est ce qui nous maintient en vie. Alors, émerveille-toi !

Gaëlle est sidérée.

Après une heure passée à contempler le ciel, Sam emmène Gaëlle marcher dans la nuit, afin qu'elle en subisse les torpeurs et la fraîcheur, qu'elle en écoute les sons, que ses yeux s'habituent à l'obscurité. Les représentations auront souvent lieu le soir, en plein air. Et, même si la partie extérieure du plateau est protégée par une pergola en bois amovible, il peut y faire froid. En outre, il y a peu d'éclairage sur scène. Pour ce spectacle, Erwan a eu l'idée de jouer dans la pénombre, métaphore de ce moment où la nuit tombe, cet « entre chien et loup » propice aux mystères et aux sortilèges, « l'heure bleue », comme la nomment certains. Une heure exceptionnelle, où la senteur des fleurs est exacerbée et où l'ensemble des oiseaux entonne une symphonie ne durant que quelques instants, avant que les rumeurs nocturnes, qui servent de bande-son au spectacle, ne prennent le relais. Une heure shakespearienne.

Gaëlle suit. Elle n'a pas le choix. Cette autorité que Sam a sur elle la rassure. Elle l'admet. Elle ne sait pas pourquoi il lui bande les yeux, en pleine nuit, ni pourquoi il lui prend la main dans cette double obscurité. Pour la guider, vraisemblablement, et qu'elle avance dans le noir en renonçant à ses pas timorés. Qu'elle se détache de ses frayeurs de petite fille qui déteste être dans un environnement nouveau, inconnu, qu'elle ne peut pas maîtriser, se le représentant peuplé de monstres horribles. Il lui dit : « Sur scène, tu dois faire avec la peur et non la fuir ou perdre du temps avec elle. » Ça la fait sourire, Gaëlle. Elle se croirait presque dans *Kung Fu* avec Maître Po et son célèbre « Qu'est-ce qui te trouble, petit scarabée ? ».

Au bout d'un instant, Sam lui lâche la main et lui annonce qu'elle doit à présent rallier toute seule la maison de Erwan.

— Sers-toi de ton ventre, de ton instinct, ils seront tes yeux. C'est organique, Shakespeare. Pas cérébral. Tu dois acquérir la liberté d'action de Puck, sa légèreté physique, sa vélocité.

Tout d'abord épouvantée et pensant que c'est une mauvaise blague pour se venger de sa tentative de fugue, Gaëlle tente d'arracher le bandeau, mais Sam l'en empêche.

— Fais-toi confiance. Tu vas trouver le chemin, ton chemin. Ton corps le connaît, il l'a mémorisé, il va te conduire à la caravane. Je reste près de toi, il n'y a aucun danger.

Alors elle se met en route, avec ses sensations corporelles pour unique boussole. Elle marche en aveugle, tâtonne, les mains devant elle comme si elles se raccrochaient à l'air, traverse les champs et les petits sentiers. Elle fait progressivement fi de ses appréhensions. Les odeurs l'orientent à leur manière, lui servent de repères : plus âcres ici, plus fleuries là. Au creux de son ventre naît un vertige, qui évolue en spirale. Elle visualise la ferme de Erwan, la grange, la caravane qui opèrent une sorte d'attraction sur elle, comme si son corps était un aimant. Ses pas deviennent plus larges, plus lents, elle relâche ses bras, ses mains se détendent, sa respiration se calme. Comme il est bon pour une fois de ne pas courir, de ne pas se dérober, mais de marcher, tout simplement. D'être présent à soi, au monde, à l'instant. Gaëlle avance, bille en tête, rassérénée par la douce présence de Sam, dont elle perçoit la chaleur près d'elle, ainsi que les effluves de son parfum à la violette mélangées à celles de sa peau. Ses sens sont décuplés, à l'exception de la vue, bien sûr. Tout autour d'elle, elle devine la puissance de la nature. À un moment, il lui semble même distinguer l'énergie des arbres qui bordent le chemin. Elle les imagine comme d'immenses torches lumineuses, dont la lueur vive semble lui indiquer la direction à suivre. Tout cela est-il réel ou bien crée-t-elle ces hallucinations pour se rassurer ?

Elle ne sait pas. Et elle s'en fout. Elle avance. À son rythme.

Petit carnet noir

Un malaise monte en moi, je ne sais pas pourquoi. Je me sens prisonnier de mes souvenirs. Je ne réussis pas à m'en libérer. Certains passent en boucle, comme si une force les retenait ou bien bloquait le mécanisme de ma mémoire, la rendant bègue. Je suffoque par moments, jusqu'à paniquer. J'espère que je ne suis pas en train de devenir fou, que la mort ne fera pas de moi une pauvre âme errante ou un fantôme, comme le père d'Hamlet. Je dois comprendre pourquoi ces événements m'obsèdent – celui de mon interprétation du prince du Danemark justement –, tandis que d'autres s'effacent au fur et à mesure que je les revois avec plus ou moins de détachement. Il y a un rébus à percer dans cette répétition importune, cette agonie lucide. Forcément.

C'est à moi d'entrer en scène, j'ai le trac car je vous sais dans la salle, papa, maman et toi, petite sœur. J'ai peur de vous décevoir, de ne pas être à la hauteur de vos attentes, d'avoir tout oublié. C'est vrai que, s'ils n'y ont pas fait obstacle, nos parents n'ont pas vraiment compris ma passion pour le théâtre, ça leur échappait. À toi, non. Tu as toujours cru en moi, même si ma sensibilité à fleur de peau t'agaçait parfois. Si, si. Avoue ! Ma sensiblerie, comme tu disais. Le fait que je pleure pour un rien. Je ne pouvais pas y faire grand-chose. « Il est jeune, ça lui passera. Il a le temps de changer » disait papa. Sans doute aurait-il souhaité pouvoir se projeter sur moi, comme le font tous les pères sur leur fils. Mon manque de virilité le dérangeait. Le fait que je sois si différent de lui…

J'ai peur d'être mauvais. Je vous ai tellement bassinés avec ce monologue d'Hamlet. Je me sens indigne de ce grand personnage hanté par sa mélancolie et la mort de son père, indigne également de son effroyable clairvoyance sur les humains qui l'entourent. Moi qui ne suis porteur que de questions d'adolescent du XXIe siècle – certes existentielles et tourmentées –, ai-je suffisamment de profondeur et de talent pour l'incarner ? Ai-je assez vécu ? Suis-je assez inquiet, fragile, brillant ? L'indignité, celle de vivre et celle d'être aimé. Voilà de quoi je suis parti pour le jouer, sur les conseils du metteur en scène qui intervient au lycée et qui me connaît bien.

Être ou ne pas être…

J'en ai fait ma question à moi. « Ce n'est pas une question élisabéthaine, ni une question de Shakespeare, c'est réellement votre question et si vous la dites à voix haute, c'est parce que vous en êtes convaincu et que d'autres personnes peuvent la partager » *affirmait l'immense Peter Brook. J'ai fait de mon mieux pour être au plus proche de moi-même. Je revois mon entrée en scène passer et repasser devant mes yeux, comme s'il y avait quelque chose à y rectifier. Pourtant, j'ai respecté texte et déplacements à la lettre. Au lieu d'un crâne, j'ai des barbituriques et une bouteille de whisky à la main, tel était le parti pris de mise en scène. Qu'est-ce qui cloche, alors ? Je porte une chemise et un costume en velours noir, comme si j'allais à une fête macabre. Je tremble. J'avance dans l'obscurité. Les projecteurs s'allument.*

Mourir, dormir. Dormir…
Rêver peut-être.
Oui, là est l'énigme.
Car dans le sommeil de la mort,
Quels rêves pourraient
nous surprendre,
Une fois démêlé le fil de la vie[9] ?

Démêler… Est-ce de cela qu'il s'agit ? Démêler la trame de son existence passée, en faire une pelote que l'on déroulera ailleurs, autrement, reconstituant l'étoffe de nos rêves dans ce nouveau monde qu'est la mort ?

Dans quelle perspective ?

Mon rêve. Mon rêve terrestre. Mon rêve brisé. À quoi sert la vie, si on ne peut pas y accomplir ses rêves ?

Pas de réponse à cette question.

Nous sommes de l'étoffe
dont les rêves sont faits,
et notre petite vie est ourlée
de sommeil[10].

Cette réplique-là n'est pas d'Hamlet mais de Prospero, dans La Tempête. *Que vient-elle faire dans mon esprit, tout de suite ? Pourquoi ai-je ce sentiment persistant que les choses ne me sont pas vraiment arrivées, que j'ai passé ma vie à somnoler, à prétendre être quelqu'un – le grand frère fort et protecteur, le fils obéissant, l'élève exemplaire –, sans parvenir à savoir qui j'étais moi-même ? Je m'en sens honteux – d'où peut-être dans mon âme la trace de cette indignité – dans la mesure où j'ai conscience que, quoi que j'aie dit ou accompli (et a fortiori, ce qui en découlait), tout était prémédité. Jamais je n'ai été spontané ou naturel. Je ne savais pas l'être. Je donnais le change. Personne ne s'en doutait. Surtout pas toi, petite sœur. Ça t'aurait fait trop de mal d'apprendre que ton idole de frère n'était en fait qu'une coquille vide, dont l'unique aptitude était celle de se remplir de mots. Les mots des autres… Et de les recracher en y mettant sa sauce. Autant que tu saches la vérité.*

J'exagère.

Le théâtre m'a permis d'échapper à cette vacuité intérieure et à l'angoisse du temps. À cette impression que le présent était du passé en train d'avoir lieu et le passé, un avenir qui n'a pas tenu ses promesses, le temps n'exauçant pas, sauf exception, nos vœux intimes. Au théâtre, pas de déception, pas d'angoisse. Le présent devient saisissable ; la pièce commence, j'en connais par cœur tous les ressorts, puis elle finit, toujours de la même manière. Un art de l'instant présent, intensément vécu, dans un espace circonscrit, où je me sens intègre. Être.

Je n'ai pas eu le temps de devenir ce que j'étais. Qui étais-je, de toute façon ? Et qui suis-je à présent que j'ai cessé de devenir ?

Ne croyons pas que nous ne sommes que ce que nous étions. Non. Nous sommes ce que nous pourrons être. Car nous pouvons apprendre, grandir, créer, construire, nous déployer. À chaque instant, emprunter un nouveau chemin. À chaque instant, devenir autre. Il suffit de s'en donner la liberté.

Je n'ai pas de conseils à te donner, sœurette. Rien que ce pressentiment, que je souhaite partager avec toi. Ma découverte du jour. Si tu en as un, toi, de rêve, il serait bon que tu t'y consacres. Je ne vois pas d'autre sens à l'existence.

Gaëlle évolue sur scène comme si elle était chez elle. Elle s'y sent protégée, à l'abri de tout, comme dans les cabanes de son enfance. Sans Arthur. Grande tristesse. Elle s'en remet au regard expérimenté de Sam, n'ayant aucun repère auquel se raccrocher. Elle se trouve en fin de compte moins mauvaise qu'elle ne l'avait imaginé. Son travail opiniâtre et la prévenance de ses nouveaux compagnons de route lui donnent plus d'assurance. Le chagrin est toujours là, bien sûr, mais Gaëlle est moins nerveuse, moins tendue, plus spontanée. Sur les planches, la vie lui semble facile. Du moins se donne-t-elle la permission pour qu'elle le soit.

Elle répète les scènes qu'elle jouera avec Erwan. Précise, concentrée. Une perle, pense ce dernier. Mais il ne dit rien. Ni à Gaëlle ni à Sam. Au mieux, il lâchera un « c'est pas mal », « intéressant », « beau potentiel ». Avec le temps, les responsabilités administratives de la troupe en plus des représentations, la routine de ses amours stables avec un ours aussi mal léché que lui, Erwan a perdu la légèreté de sa jeunesse. Sa fougue, son insouciance se sont mues en une sorte de sérieux et d'aigreur, humeurs qui agacent, quand elles ne blessent pas. Son cœur s'est endurci, il en a conscience, même s'il reste bon et charitable, à sa manière. Il cache sa joie, comme on dit.

Le côté androgyne de Gaëlle apporte au lutin une ambiguïté qui trouble le Erwan des grands jours. L'imprévu est souvent synonyme de petites démangeaisons au creux du ventre. Un mélange de peur et d'excitation qu'il a appris à accepter, afin d'ouvrir l'horizon des possibles et toucher au mystère de la création. Changer de partenaire au dernier moment vient casser ses habitudes et ses vieux mécanismes, le jeu de la môme lui inspirant des intentions et des réactions inédites. Il est obligé de le reconnaître. Gaëlle a naturellement de Puck le caractère espiègle et rebelle, qui joue des tours, bouscule l'ordre établi, se transforme pour effrayer les filles stupides et les vieilles biques. Il s'est figuré le personnage sous l'apparence d'un adolescent aux cheveux verts, portant un short, un tee-shirt et des bretelles motif camouflage revisités par une amie styliste, afin que ça ne fasse pas militaire mais symbolise plutôt l'invisibilité de Puck parmi les arbres et les buissons de la forêt.

Sam, qui a observé leur travail, livre ses impressions, puis Erwan sert le café.

— Ça te dirait pas d'en faire ton métier ? demande-t-il à Gaëlle.

— Ça, ça veut dire qu'il te trouve douée, traduit Sam en bâillant.

— Acteur, c'était le truc de mon frère. Moi, je préfère les sports de combat. Le problème, c'est que, dans l'entraînement, il y a un des cinq fondamentaux sur lequel j'ai encore trop de boulot. Amélioration des réflexes, fluidité, rapidité, précision, je les ai, mais la maîtrise de soi…

Sam pouffe de rire.

— Quatre, c'est déjà pas mal ! Ce sont les mêmes fondamentaux qu'on utilise en théâtre. Puck va t'apporter le cinquième, tu verras.

Un silence s'installe. Les deux comédiens sirotent leur énième café de la journée, songeurs. Gaëlle pose son regard sur Sam. Une phrase de Sand à propos de Chopin lui revient en mémoire, qui pourrait s'appliquer à lui : « Il était modeste par principe et doux par habitude, mais il était impérieux par instinct. » Elle détaille son beau visage creusé par les insomnies et envahi par une barbe naissante. Quelle métamorphose ! La femme en blanc a complètement disparu au fil des jours. Elle fera sa grande réapparition demain, au premier filage avec Steven, le marionnettiste, que Gaëlle appréhende un peu de rencontrer. Elle espère qu'il sera aussi agréable à vivre que ces deux-là.

— Je me sens bien avec vous, lâche-t-elle tout à coup. Comme si… Comme si on se connaissait depuis toujours !

Erwan et Sam la regardent avec une tendresse infinie, tels deux papas gâteau, émus des premiers mots prononcés par leur petite fille.

— Ils montent des spectacles hors genres, tu comprends ? dit Steven à Gaëlle qui se tient en face de lui, sur le plateau de la caravane.

— Je crois, oui.

Alors qu'elle manipule, fascinée, une des marionnettes que l'artisan a apportées, elle fait une étrange découverte.

— Pourquoi elles ont toutes la tête vide ?

— Pour être légères, faciles à manier. Tout l'art du marionnettiste est de mettre de la vie où il n'y en a pas. Ça m'a pris des années pour parvenir à un résultat digne d'être partagé.

— J'ai hâte de voir ça !

Exercer ses talents dans un théâtre, plutôt que dans une menuiserie, est une libération pour Steven. Jeune homme, il se destinait à être plasticien sculpteur. Son père, qui avait la fibre artistique, y avait consenti. Contraint de renoncer à ses propres rêves (il fallait faire bouillir la marmite), il avait imposé le silence à sa femme qui, en revanche, était résolument contre cette orientation de leur fils, persuadée que l'art ne servait à rien et conduisait à la débauche, pour ne pas dire à l'Enfer. Six années passées au sein de l'école d'art de Brest, puis en résidence dans une maison de la culture des Côtes-d'Armor, avaient apporté à Steven un véritable tour de main. Mais la vie a ses caprices et ses revers de fortune. Son père était mort à cinquante ans des suites de deux infarctus consécutifs, à cinq mois d'intervalle. Alors, pour ne pas laisser péricliter l'entreprise familiale, et avant que le paternel ne trépasse, Steven avait rendu son tablier d'artiste pour endosser l'habit de menuisier. Sa grande sœur était partie vivre en région parisienne avec un antiquaire, il ne restait que lui pour s'occuper de sa mère, démunie depuis le décès de son mari qu'elle épaulait en assurant la comptabilité et le secrétariat. Bénévole, femme au foyer depuis toujours et à présent veuve, quel emploi aurait-elle pu trouver après ce malheur ? Elle n'était pas très aimante, cette mère-là, c'est vrai, mais enfin, il n'en avait qu'une, s'était raconté le jeune homme.

Depuis quinze ans, donc, Steven pose des fenêtres, des portes d'entrée et des portails chez les particuliers des environs. Mais son vrai métier, c'est le soir et parfois le week-end qu'il l'exerce, lorsqu'il conçoit puis donne vie à des pantins de bois, qu'il fabrique à l'abri des regards, dans une secrète alcôve de son atelier. Marionnettiste. Une passion née lors de ses études en arts plastiques et qui ne l'a jamais quitté. Il la pratique en dilettante, à ses heures perdues, depuis qu'il s'est constitué une belle collection d'œuvres originales qu'il prête, parfois vend, à des amoureux des beaux jouets. Il lui arrive également d'aller les animer dans les spectacles de Erwan, son vieux copain d'école. À l'issue de certaines représentations, il échange sur son savoir-faire avec celles et ceux qui le questionnent, leur explique notamment sa propre technique de l'« ensecrètement » – il adore ce terme –, délicate opération qui consiste à poser les fils transparents sur la marionnette, afin que l'illusion d'autonomie du pantin soit complète. Opération décisive, qui transforme l'objet inerte en être vivant. Peut-être qu'au fond de son âme, il croit à son art. Sans doute, même. Mais contrairement à Sam et à Erwan, il se considère comme un amateur. Bien sûr, la troupe le rémunère pour ses prestations ; ils font appel à lui lorsque ses marionnettes ont un sens dans leur mise en scène, ce qui n'est pas systématique. Il n'a pas eu le courage d'en faire son métier, comme eux.

Sa mère ne lui demande jamais où il passe son temps libre. Si elle n'est pas vraiment aimante, elle n'est pas davantage curieuse, possessive ou indiscrète. Elle répète, à qui veut bien l'entendre, que Steven est un vieux garçon, une sorte d'adolescent attardé, qu'il trouve son équilibre dans le fait d'aller, de temps à autre, donner un coup de main à ses copains les théâtreux. Ce qui n'est pas si éloigné de la réalité. « Les romanichels de Saint-Brieuc » comme elle les nomme avec un dédain non dissimulé, ne voyant dans l'expression artistique qu'un étalage d'ego souffreteux et en mal de reconnaissance. Elle ne sait rien de la « double » vie de son fils, ni d'ailleurs de sa sexualité débridée, furtive mais épanouissante, avec des jeunes femmes de passage, croisées pour la plupart sur des sites de rencontres. Tant que sa mère sera vivante, pas question pour Steven de tomber amoureux. « Aucune femme ne mérite qu'on lui inflige une telle belle-mère ! » dit-il souvent comme une boutade. Alors il butine, papillonne, s'amourache, se brouille, ne s'attache pas. Sauf en amitié. Steven est un grand fidèle. Les soirées en compagnie de Sam et Erwan sont sacrées. Ces amis-là sont sa vraie famille, sa planche de salut, sa bouffée d'oxygène. Il aime leur originalité, leur ouverture sur le monde, leur sens de la poésie.

Voilà, en quelques mots, ce que Gaëlle apprend du parcours de ce grand gaillard hypersensible, au visage émacié et aux yeux d'enfant, alors qu'ils finissent un verre de cidre, en attendant que Erwan et Sam les rejoignent. Elle a du mal à croire à tout ce qu'il raconte, tant il le fait avec emphase et impudeur. Sa candeur le rend touchant, néanmoins.

— Et toi ? lui demande-t-il.

— Oh, moi, rien, répond Gaëlle.

— T'es une connaissance de Sam, c'est ça ?

— Oui.

— Vous couchez ensemble ?

Erwan entre dans la grange.

— T'as pas fini de l'embêter ?

— Je me renseigne, c'est tout. On me dit jamais rien, à moi.

— Moins on en sait, mieux on se porte.

— C'est important de savoir des choses, avant de décider.

— Décider quoi ?

— Si on travaille ensemble ou pas…

— Mais on travaille ensemble. Gaëlle est notre nouvelle recrue. Tant que Julien n'est pas remis, c'est elle qui joue Puck.

Embarrassée, Gaëlle baisse le regard.

— Elle ? Ah, pardon, je pensais que t'étais un mec. Mais, euh… Elle passe pas d'audition ? demande Steven, consterné.

— C'est fait.

— Et vous m'avez pas dit de venir ?

— Tu t'occupes des marionnettes. Pas du recrutement.

— Ben, quand même…

— C'est comme ça. Bon, on y va, là ? Il est où Sam ? s'exclame Erwan avec agacement.

— Aux toilettes, je crois, répond l'adolescente en se raclant la gorge.

Steven est blessé. Gaëlle le voit à la façon dont il rougit et détourne ses grands yeux gris acier pour finir son verre de cidre. Prise d'une bouffée d'empathie pour lui, elle voudrait lui dire qu'elle est contente de faire sa connaissance, voire lui mentir et lui raconter que Sam lui a beaucoup parlé de lui, de leur connivence, de son talent de marionnettiste. Qu'il est important, que son avis compte, que sa présence est rassurante, qu'ils vont s'éclater à bosser ensemble. Mais elle n'ose pas. Elle est impressionnée. Oui, très impressionnée par ces hommes, leur maturité, l'éclat de leurs tempéraments et de leurs humeurs. Elle aimerait poser sa main sur son avant-bras, mais craint qu'il prenne son geste pour de la pitié. Ou de la drague, ce qui serait pire que tout. Alors elle ne dit rien et n'agit pas.

Au moment où Sam entre dans la grange, Steven ramasse ses clés de voiture, le sac qui contient ses marionnettes et sort précipitamment.

— Où tu vas ? entonnent Sam et Erwan, pantois.

Mais Steven n'entend pas.

— Qu'est-ce qui lui prend ? demande Sam à Gaëlle.

— Je sais pas, répond-elle, penaude. Il s'en va, je crois.

En effet, le bruit d'une portière qui claque puis d'un moteur de voiture qui démarre ne laisse planer aucun doute sur la situation.

— Il manquait plus que ça, dit Sam, dans un soupir de lassitude.

Sam court. Il court à grandes enjambées, vite, à en perdre haleine. Il sait qu'en coupant à travers champs, il arrivera avant Steven à l'intersection, où un panneau « Stop » le contraindra d'arrêter sa voiture. Sam court comme si sa vie en dépendait, comme s'il y avait quelqu'un à sauver, un corps à repêcher, une âme à extraire du purgatoire. Il court comme s'il tentait de rattraper le temps perdu à poursuivre une existence occupée à attendre, immobile. L'arrivée de Gaëlle dans sa vie a rompu le charme d'un mauvais sort, le ramenant à la réalité, ses impasses, ses horizons aussi. Elle l'a réveillé d'un long sommeil. Impossible à présent de retourner en arrière, comme si le passé s'était subitement éclipsé. Évaporé, le fantôme de David. Évanouie, l'époque des chimères. Sam s'est fait un devoir de protéger cette môme, envers et contre tous.

Il arrive juste à temps pour empêcher Steven d'aller plus loin. Il se met en travers de la route, reprend son souffle, le corps courbé sur le capot de la voiture, puis lui fait signe d'ouvrir sa vitre. Tel un enfant pris en faute, Steven obtempère. Sam s'avance, haletant, en sueur, les yeux exorbités. Il a du mal à parler, suffoque à demi, la tête toujours penchée en avant.

— On a besoin de toi.

Steven coupe le moteur et descend du véhicule. Il s'adosse à la portière arrière, plante ses mains dans les poches de son pantalon, pour masquer sa nervosité, et pose son regard sur le champ d'artichauts qui longe la route.

— J'en ai marre qu'il me traite comme une sous-merde.

— Tu lui as dit ?

— J'y arrive pas.

— Je vais lui parler, si tu veux. J'ai pas eu le courage de te prévenir de la situation. La petite est mineure. Elle est recherchée par la police. Voilà. Pardon. J'aurais dû te le dire. Je suis désolé.

— T'es sûr que c'est une fille ?

— On baise pas ensemble, si c'est ça la question.

— Pourquoi les flics sont après elle, alors ?

— Rien de grave. Elle te le dira elle-même. Bon, et toi ? T'es sûr que c'est Erwan le problème ?

Steven le dévisage. Il est pris d'un rictus, qui donne à son beau visage un sourire navrant, comme si Sam lui arrachait la peau et mettait à jour la chair de ses secrets.

— Je suis foutu.

Le pouls de Sam, qui s'était calmé, s'emballe à nouveau. Son cœur cogne dans sa poitrine. Se peut-il qu'un drame se prépare, dont Erwan et lui n'auraient pas observé les signes annonciateurs ? Steven est plutôt du genre extraverti, prompt à la déconnade, mais il est vrai que ce type d'attitude cache chez certaines personnes une pudeur maladive. Après toutes ces années écoulées ensemble, se peut-il qu'ils soient passés à côté du principal ?

— C'est-à-dire ? demande Sam, en tressaillant.

— Carole ne veut plus me voir, lâche Steven d'un ton tragique. Cette fille me rend dingue, à avoir envie de crever.

— Alors, le Casanova des Côtes-d'Armor est tombé amoureux… L'ironie du sort n'épargne décidément personne.

Steven se met à pleurer, tel un jouvenceau. Sam est à bout. Il ne dort pas, travaille d'arrache-pied, essaie de contenter tout le monde, et voilà que, ce soir, des mièvreries sentimentales l'emportent sur l'essentiel. Une grande fatigue le gagne, tout à coup, qui monte du sol, par la plante des pieds, parcourt ses mollets, son bassin, sa colonne vertébrale jusqu'au sommet de son crâne. Incapable de réagir aux larmes de Steven, il tourne les talons et fait quelques pas à rebrousse-chemin. Il marche de façon suspecte, tel un somnambule. Au bout de quelques mètres, il se fige, comme si une barrière invisible l'empêchait soudain d'avancer. Son corps, secoué par un spasme, s'écroule au milieu de la route, sous le regard pétrifié de Steven.

Gaëlle vit parmi les hommes et ça lui va bien. Même si ces hommes-là sont très différents de ceux, plus jeunes, qu'elle fréquentait dans la gare désaffectée de la banlieue de Rennes, voire ceux de l'école de son village, qui n'étaient encore que des petits garçons. À présent, plus question de joutes chevaleresques ou de combats pour avoir le dessus. On lutte contre soi, son ego, ses réticences intérieures, afin de disparaître et devenir un autre. Une autre, pour Sam, en l'occurrence. Plusieurs autres, même. D'une féminité exacerbée, poussée aux extrêmes du raffinement. Une féminité en costume. Une féminité sans simagrées ni obscénité, cependant, avec pour seul objectif celui de raconter une histoire, de s'affranchir de l'ordinaire, d'étriller la norme. De se sentir belle, aussi, en jouant des personnages de fiction. Une féminité de théâtre, en quelque sorte.

En attendant le début de la répétition générale – pourvu que Sam ramène Steven –, Gaëlle s'interroge. Serait elle partisane d'un monde privé de femmes ? Elle n'en connaît aucune, tout compte fait, mis à part sa mère, qui lui pourrit l'existence, et ses grands-mères, qui sont parties avant que ne se noue entre elles une véritable complicité. Cousines trop éloignées et plutôt au rayon des filles qui l'agacent avec leurs minauderies. Pas d'amies, aucune fréquentation féminine agréable à se remémorer. Déteste-t-elle toutes les femmes ? Non. Bien sûr que non. Peut-être les met-elle sur un piédestal. Peut-être en attend-elle trop de perfection, dans leurs comportements avec les hommes et leurs relations entre elles. En tout état de cause, ce qu'elle reproche à la plupart, c'est d'obéir aux injonctions de leur entourage, de ne pas oser envoyer valser les codes de la séduction et des conventions sociales. Pourquoi vouloir en permanence se définir en fonction des hommes ? Dépendre d'eux. Porter l'habit de fille, puis d'épouse et de mère. Pourquoi ne pas s'autoriser à être humaine, simplement humaine ?

Sa mère, par exemple, éternelle éplorée, qui n'a jamais eu d'autre ambition que celle d'être la compagne de son père. Non pas qu'elle ait sacrifié pour lui une quelconque carrière ; il ne lui a jamais rien demandé de tel, et probablement aurait-il préféré qu'elle travaille en dehors de son cabinet d'architecte, où elle officie en tant qu'assistante à temps partiel. Une servante frustrée, qui n'affiche aucune véritable conviction, mais est toujours tirée à quatre épingles, comme si l'élégance était un devoir conjugal. Sa mère n'a pas de projet à elle, pas de métier, pas de passion. Elle s'est consacrée à la réussite de son mari. Du moins, c'est ce que Gaëlle se figure. « Peut-être s'est-elle dévouée par amour pour lui, tout bonnement ? Peut-être sa coquetterie vient-elle d'un besoin vital de se sentir désirable lorsqu'il la regarde ? Peut-être aussi souhaitait-elle passer le maximum de son temps à la maison, avec vous, ses enfants, pour être à vos côtés, vous voir grandir et vous élever » lui avait rétorqué Sam, lors d'une de leurs innombrables discussions. « Mère au foyer est un emploi à temps plein, tu sais. Elle vous aime à sa manière, imparfaite bien sûr, mais elle vous aime, Arthur et toi. »

Être tout, sauf comme elle, avait renchéri l'adolescente. Sa mère était une déprimée chronique. D'après sa grand-mère paternelle, que Gaëlle avait cuisinée sur le sujet avant qu'elle ne meure, Caroline aurait souffert d'une dépression post-partum après son second accouchement ; elle aurait refusé de la voir pendant plusieurs jours. « Lorsqu'elle a finalement accepté de te prendre dans ses bras, elle pleurait des myriades de larmes dans lesquelles ton petit corps de bébé aurait pu se noyer » avait continué mémé Greloute, qui adorait mêler le drame aux récits familiaux. « Personne ne comprenait pourquoi. » Une période sombre s'était ensuivie, après que Caroline était sortie de la maternité. Période durant laquelle il lui arrivait d'être excédée jusqu'à hurler sur sa fille lorsqu'elle pleurait. Un jour, elle aurait même tenté de se débarrasser d'elle. Son père l'aurait sauvée in extremis en empêchant son épouse, à bout de nerfs, de jeter le bébé par la fenêtre de l'appartement – le couple vivait à Rennes, à cette époque.

Puis, les crises de Caroline s'étaient espacées, jusqu'à se calmer pour de bon, grâce à l'intervention géniale d'une psychologue. Celle-ci l'avait aidée à accepter la présence de sa fille, dont elle affirmait que la naissance était trop rapprochée de celle de son petit garçon. La jeune maman redoutait de ne pas trouver en elle l'énergie nécessaire pour s'occuper conjointement de deux enfants en bas âge. La famille s'était contentée de ces explications et la vie avait repris un cours normal. Personne n'avait cherché à creuser les raisons obscures qui avaient donné de telles pulsions à cette mère si peu commune. Personne, sauf le père de Caroline. Ce dernier avait révélé aux jeunes parents que sa fille avait eu une sœur jumelle, morte in utero à l'état de fœtus, que le corps de sa propre mère avait naturellement expulsée à son quatrième mois de grossesse. L'aveu de cet événement, que Caroline ignorait au moment où elle était tombée enceinte de Gaëlle, avait élucidé les étranges angoisses qui l'avaient traversée lorsqu'elle avait su qu'elle attendait une fille. Cette impression de porter en elle un fantôme, duquel elle avait entrepris de se débarrasser dans le dos de Alan, qui, contrairement à elle, se félicitait d'avoir un deuxième enfant. Trop tard, lui avait rétorqué le médecin. Alors elle avait couru, elle avait sauté à la corde, elle avait monté et descendu un nombre incalculable d'escaliers, jusqu'à en avoir le souffle coupé. Rien n'y avait fait. Le bébé était bel et bien accroché à la vie ; Caroline n'avait pas réussi à s'en débarrasser. Soutenue par l'amour et la joie contagieuse de son mari, elle s'était résignée, bon gré mal gré, et installée dans une déprime larvée. Lui était ravi à l'idée d'avoir une fille. Ce ne serait jamais le cas pour Caroline. À l'évidence, elle avait une nette préférence pour son fils. Gaëlle l'avait toujours ressenti. Elle n'en voulait pas à son frère ; il n'y était pour rien et n'encourageait pas ces attentions particulières. Non. Elle en voulait à sa mère et s'était juré de ne lui ressembler en aucun point. Jamais. « Tu as des parents formidables, avait souligné Sam. Eux, au moins, ils dialoguent, ils t'acceptent telle que tu es. C'est pour ça que tu as une grande force de caractère. Tu le dois à l'amour de ta famille. Ta mère a fait ce qu'elle a pu avec sa propre histoire. »

Gaëlle s'était sentie désorientée par ces propos. Elle n'avait jamais envisagé les choses ainsi avant sa rencontre avec Sam. Elle s'étonnait. Elle changeait. Une force invisible s'exerçait sur sa personne, la façonnant, comme le sculpteur façonne la glaise. Ou le marionnettiste, ses pantins de bois. Si seulement on pouvait lui vider la tête de toutes ses pensées toxiques !

Ce dialogue intérieur est interrompu par l'arrivée en trombe de Steven. Il regarde Erwan, qui termine une conversation téléphonique, et se met à bredouiller :

— Il… On discutait et…

— Et quoi ? ! s'exclame Erwan.

— Il s'est affalé sur la route et puis, plus rien.

— Comment ça, plus rien ?

— Il est où ? demande Gaëlle, paniquée.

— Dans ma voiture. Je sais pas quoi faire.

— Faut l'emmener aux urgences, bordel ! lui reproche Erwan en amorçant un mouvement vers la sortie.

— Je crois que c'est trop tard…

Les visages blêmissent comme si les corps étaient brusquement vidés de leur sang. Gaëlle se précipite à l'extérieur de la grange en hurlant le prénom de Sam.

La mort est d'une exquise douceur. Je le sais, maintenant. La mort est une substance cotonneuse semblable à celle du soleil qui filtre à travers les arbres, les jours d'été. Une lueur intense, mais qui n'éblouit pas. La mort est un scintillement, dans lequel je me fonds, avec volupté, heureux Ulysse dont l'odyssée s'achève. Me voilà dépourvu de toute volonté, mû par un sentiment d'évidence, une félicité totalement inconditionnelle. Je pensais qu'au moment fatidique l'homme voyait sa vie défiler devant ses yeux, s'en récitait à toute vitesse les étapes principales pour en admettre les failles et les succès, en relativiser les pour et les contre, l'expurger de ce qu'elle contenait de mauvaise conscience. Je le pensais pour me l'être imaginé à travers des témoignages de personnes qui en étaient revenues. Mais l'expérience de la mort imminente est singulière. Elle ne se partage pas.

J'ai ondoyé un moment au-dessus de la route, distrait par l'affolement de Steven, qui ne savait pas par quel bout prendre mon corps inerte. Ainsi flottant, j'ai soudain pensé à Gaëlle, son sentiment d'abandon ajouté à sa peine et à sa détresse quand elle apprendrait la nouvelle, le fait qu'elle ne sache pas où j'ai caché les cendres de son frère, ce qui a eu pour effet immédiat de me transporter auprès d'elle, dans la grange, avant même que Steven n'y arrive. Je voulais la câliner, lui donner de l'amour, la préparer au choc. Mais le propre de la mort est de privilégier l'incommunicabilité entre les mondes… Je tentais malgré tout d'entrer en contact avec elle par la pensée. En vain. Elle était impénétrable, occupée à réfléchir ou bien à converser avec elle-même. Alors, je me suis tourné vers la lueur venue du ciel qui m'a aspiré vers un ailleurs brumeux, insipide, insubstantiel.

Par l'effet de je ne sais quelle magie, le brouillard se dissipe et je me vois sur un promontoire, en maillot de bain, dans mon corps de jeune homme. Au loin se trouve un grand plongeoir, devant lequel est tracée une ligne blanche. Le point de non-retour, me dis-je. L'ultime frontière entre les mondes. Un groupe de gens passent devant moi, dont les visages, d'un blanc laiteux, ont une expression neutre, vaguement souriante, semblable à celle des statues à l'effigie de Bouddha. Ces nageurs de l'au-delà passent à tour de rôle la ligne blanche, s'élancent sur le plongeoir, bondissent dans le vide, effectuent, pour certains, des figures acrobatiques. Je les observe, admiratif, me sachant incapable de tant de prouesses – les plongeoirs m'ont toujours donné le vertige. Je fixe la ligne blanche, puis le plongeoir à nouveau vide.

Alors que je me demande si c'est à moi d'avancer, une voix familière retentit dans l'espace.

— Que fais-tu là, Sam ?

— David ?

Le son de ma voix se perd dans la nébulosité qui m'entoure à nouveau. David… Sa silhouette m'apparaît, sortie de nulle part. Spectre pâle, vêtu d'un maillot de bain lui aussi, comme si la mort était un été perpétuel, sans les effets du soleil sur la peau, toutefois. Une saison de la lumière. Un prolongement imaginaire de ce mois d'avril où nous étions sur la plage de Saint-Guirec. David…

— Ton heure n'est pas venue, Sam.

Alors quoi ? Vingt-cinq ans de mutisme, de mystère sur ta disparition – tu es donc mort –, et cette phrase, seulement, en guise de retrouvailles, de consolation, de dénouement à une attente si cruelle ? Ta commisération ne suffit pas à calmer le chaos de questions et d'émotions violentes qui me chavirent l'esprit tout à coup. David, chéri. Raconte-moi ce jour-là. Révèle-moi ce qui t'est arrivé.

— Plus tard. Promis. Je t'expliquerai. Il faut que tu y retournes.

Espérer, encore, toujours, que l'heure des éclaircissements sonne, que se dissipent le doute, la culpabilité, la mélancolie. Que je sorte de l'ignorance et des affres dans lesquelles m'a englouti ton départ. Que s'effacent les cauchemars que je continue de faire, où j'enlace ta dépouille pour tenter d'envisager une vie sans toi. Pourquoi es-tu parti sans me dire

« au revoir », mon amour ? Mais déjà David se détourne. Il marche en direction de la ligne blanche. Où vas-tu ? Ne pars pas. S'il te plaît. Reste. David ! Il ne m'entend pas. Il s'élance sur le plongeoir, comme les autres avant lui, rebondit à son tour, vrille sur lui-même, se retourne gracieusement, me lance un regard espiègle, et s'enfonce dans l'immensité. Le vide. L'adieu.

Alors, tout s'estompe. En un clin d'œil, je redeviens brume, lueur, tunnel, aspiration, flottement, densité, oppression. Je vois Steven au volant de sa voiture, qui roule à toute allure en direction de l'hôpital de Saint-Brieuc. Sur le siège passager, Erwan ne dit rien. Pour la première fois de sa vie, son silence est terrifié. Assise à côté de moi à l'arrière du véhicule, Gaëlle crie des « Sam ! Reste avec moi ! S'il te plaît ! Sam, tu m'entends ? Reste ! Sam ! » Elle me secoue et me claque les joues de ses jolies mains de fille. Soudain : un hoquet, comme un cri primal, puis le souffle, mon corps qui se cabre, le cœur qui repart. J'ouvre péniblement les yeux. Gaëlle explose de joie, m'embrasse, me passe la main sur le visage, dans les cheveux. Après avoir jeté un œil dans le rétroviseur, Steven se gare sur le bas-côté et verse des larmes de soulagement. Pleurer, il ne fait que ça ces derniers temps. Erwan, lui, lance une vanne, quelque chose comme : « La répétition va enfin pouvoir commencer. »

Demi-tour. Fausse alerte. Burn out. Mort imminente différée.

J'étais fatigué.

Juste fatigué.

Le ciel est voilé lorsque l'Estafette, qui traîne fièrement la caravane-théâtre à sa suite, se gare face à l'hôtel de ville de Pontrieux, sur la place de la Liberté où doit avoir lieu la première du *Songe d'une nuit d'été*. Première des premières pour Gaëlle, qui ne réalise pas tout à fait ce qui lui arrive. Pontrieux. Petit coin délicieux, comme le nomment ses habitants, où une poignée de bénévoles organisent chaque année concerts, spectacles, expositions de tous horizons, dans le cadre de leurs vendredis de l'été.

Après l'innommable expérience d'hier soir, les acteurs ont filé les scènes du *Songe*, sous l'œil ébahi de la jeune fille, tantôt concentrée, tantôt chahutée par un tumulte d'émotions. Ne sachant plus si elle était Puck ou bien elle-même – cela n'avait plus aucune importance –, elle se pâmait d'admiration devant le travail de transformiste de Sam et Erwan, éblouie par leur virtuosité et le lyrisme du texte, mais c'est celui de Steven qui a le plus ému Gaëlle. La délicatesse avec laquelle il bouge les fils de ses marionnettes et leur insuffle des soubresauts étrangement gracieux, le mouvement de ses doigts qui entretient un rapport fascinant aux corps des pantins auxquels ils sont reliés. Tels des elfes, ceux-ci semblent n'avoir besoin du sol que pour le frôler et réanimer l'envolée de leurs membres inertes. Et que les scènes de farce sont drôles ! Elle avait du mal à contenir son rire.

Erwan a eu l'idée que Steven porte le même costume que Puck. Cette idée plaît énormément à Gaëlle : le marionnettiste alter ego du lutin, qui tire par le bout du nez tous les protagonistes de la pièce. Il est vrai que c'est lui qui libère les instincts, entremêle les destins, met en marche le mécanisme du monde, en illusionniste. D'ailleurs, pour donner à ses actions plus de fluidité, la jeune actrice s'est raconté que Puck avait le don d'ubiquité : pour lui, le temps et l'espace n'existent pas. Bien sûr, Sam l'a guidée dans ses choix, comme dans ses déplacements, ses intentions de jeu. Mais en scène, pour la première fois, Gaëlle pense, elle agit par elle-même, libre de toute entrave. Elle se régale !

« Rien à dire. La môme est douée » a avoué Erwan à Sam. Une fois n'est pas coutume, il a cru bon de la féliciter. Et aussi de remercier Steven pour sa patience et l'élégance de ses marionnettes. Steven n'a pas dit un mot, anesthésié par le contrecoup de la fausse mort de Sam. Il n'a fait que ce qui lui était demandé, de façon technique tout d'abord, puis inspirée lorsqu'il a vu luire l'étincelle de l'émerveillement dans l'œil de la gamine. Oubliés alors les griefs et les peines de cœur.

Steven ressemble à ces enfants qui ne gardent pas de rancune tenace après la tempête des pleurs ou des colères. Après la résurrection de Sam, ils ont avalé une plâtrée de pâtes tous ensemble et sont allés se coucher. Gaëlle a surveillé Sam une partie de la nuit, soucieuse comme une mère le serait, s'est assurée régulièrement qu'il respirait, ne trouvant le sommeil qu'au petit matin. Il y a des amitiés comme ça, fulgurantes. Des gens auxquels on s'habitue instantanément et qu'on aime sans raison apparente, de façon inconditionnelle. C'est le cas de Gaëlle et Sam ; ils se sont adoptés dès le premier jour.

Gaëlle n'aurait jamais imaginé que de telles personnalités existent, dont l'équilibre dépend du fait d'être en scène. De grands enfants, en fin de compte, dont l'apparence d'adultes n'est qu'un leurre, doublé d'une étoffe de fantaisie, de poésie. De gentillesse, également. La gentillesse, cette panacée, cet art de vivre. Gaëlle n'aurait jamais imaginé non plus que jouer la comédie l'amuserait autant, que ça lui ferait oublier l'absence de son frère et la raison de sa fugue. Encore moins qu'elle se retrouverait grimée, décorée comme un sapin de Noël, au quotidien. Certaines surprises de la vie, ainsi que l'effort à faire pour les accueillir, opèrent comme des substances thérapeutiques.

Le docteur, que Erwan a tout de même fait venir avant leur départ, a parlé de malaise vagal, diagnostic dont chacun s'est accommodé après les frayeurs de la veille. D'autant que Sam s'est levé en pleine forme – dormir après vingt-cinq ans d'insomnie est une félicité –, les traits du visage détendus, un sourire radieux aux lèvres, le regard serein. Rajeuni ! Avant de rejoindre les autres pour les aider à charger l'Estafette, il a supervisé la tenue de Gaëlle, l'a aidée à poser la perruque rousse qu'il lui a confiée, à se maquiller de façon qu'on ne la reconnaisse pas. Qui sait où en était la police de ses recherches du garçon manqué…

La journée s'écoule dans la bonne humeur, l'excitation se mêlant au trac sans que celui-ci l'emporte. La petite troupe installe décor, accessoires, costumes, et transforme cette place de la Liberté, à l'allure austère, en une forêt enchanteresse. Plus tard, quand elle entre sur le plateau de la caravane, dans le noir, Gaëlle entend son cœur battre dans ses oreilles. Elle s'assoit derrière le buisson, prend une profonde respiration. Elle perçoit la présence invisible des spectateurs sous forme de vibrations. Elle se sent forte, pleine, vivante. Peut-être que Erwan a raison, après tout. Peut-être est-elle faite pour la scène, comme son frère l'était. La scène, un lieu où l'acteur n'est plus rien que ce qu'il choisit d'être, nourri d'une histoire, de sentiments, de mots inventés par d'autres. Peut-être n'est-elle qu'une marionnette à la tête vide. Peut-être… Noir. Musique d'introduction. Tout cela n'a plus d'importance. *Alea jacta est*. Erwan et Sam entrent en scène, le projecteur qui fait office de pleine lune s'allume et le spectacle commence.

Sur la Côte de granit rose, la route surplombe des plages à perte de vue. Ce paysage de roches aux formes lunaires – si on se représente ainsi la géographie de la lune – donne l'impression que la main d'un artiste est en train de le peindre avec un grand pinceau. Il change d'aspect toutes les cinq minutes, que la marée descende ou monte. La mer paraît laquée d'un mélange de bleu, de vert et de gris indescriptible. « Glaz » disent les marins, une couleur subtile et incomparable, propre à la Bretagne, aux reflets de sa nature, de ses ciels et de ses eaux. Le soleil immense s'emploie à en illuminer les couleurs, celles des rochers notamment, dont le rose scintillant est tel qu'il pourrait servir à fabriquer des millions de pierres précieuses. Une indélébile empreinte de ces images vibre en Sam, qui s'émeut chaque fois qu'il les contemple. Il pense à David, à leur amour révolu. Même un individu grossier et indifférent fondrait en larmes face à ce panorama, tant sa vie lui semblerait banale, se dit-il tandis qu'il se penche vers Gaëlle, que les oscillations de l'Estafette ont endormie. Il la réveille en lui caressant doucement la joue de ses longues mains. Puis il pointe un doigt vers l'horizon. Au loin, on distingue une petite île boisée. L'île d'Aval. Gaëlle est émue. Puis déçue.

— C'est minuscule, dit-elle d'une voix rauque.

— À marée basse, on en fait le tour en moins d'une heure.

— T'es sûr que c'est là ?

— La légende le dit.

Elle s'attendait à une île de conte de fées, immense et prestigieuse. La réalité lui noue la gorge, même si elle reconnaît que l'endroit est aveuglant de beauté sauvage. Un sourire douloureux aux lèvres, elle plonge ses grands yeux de chaton blessé dans ceux de Sam. Son ami. Son bienfaiteur. Son ange.

— Merci, dit-elle. Si tu…

Sam ne la laisse pas terminer sa phrase. Il met son doigt devant sa bouche, désignant d'un signe de tête Erwan et Steven qui sont assis à l'avant du véhicule. Moins ils en savent, mieux c'est pour tout le monde.

Gaëlle a aimé sa conversation de la veille avec Sam, alors qu'ils faisaient leurs bagages pour la deuxième fois. Il lui a raconté son expérience de mort imminente, le tunnel de lumière, David, l'évidence qu'il était décédé malgré l'absence de preuves, son injonction à Sam de retourner dans son corps pour continuer l'aventure humaine. Touchée, elle a posé ses yeux sur son visage, sa tendresse.

— Tu penses encore à lui ?

— Moins. Comme si la perspective de ma propre fin m'avait affranchi de son souvenir, que le temps était venu de vivre ma vie à moi, dorénavant.

— Ça te manque pas de ne plus attendre son retour ?

— Étrangement, non.

— Tu vas refaire ta vie avec un autre homme ?

— Je ne sais pas.

— Tu pourrais. Tu es mignon. Un beau mec, je veux dire.

— Tu me dragues ? a demandé Sam, un petit sourire en coin.

— Parce que toi, quand on te fait un compliment, tu crois direct qu'on veut coucher ?

— Et toi ? Tu as envie d'être amoureuse ?

— Je crois, oui.

Un silence s'est installé. Gaëlle a fini de se démaquiller, a enfilé un tee-shirt et s'est glissée dans son lit. Quand Sam est revenu de la salle de bains, en pyjama, elle avait les yeux rivés au plafond.

— Je suis bien avec toi, a soudain lancé Gaëlle.

— Ah…

— Pas toi ?

— Si. Bien.

— On pourrait rester comme ça, tout le temps.

— Tu as ta vie à faire. Tes études…

— C'est être avec toi qui me plaît. On pourrait prendre un appartement ensemble, en coloc.

— C'est pas mixte, la prison.
— Arrête !
— Je suis trop vieux.
— On s'en fout de l'âge.
— Bientôt tu t'ennuieras avec des ringards comme nous.
— Ça, ça risque pas !
— On en reparlera quand la tournée sera terminée, que tu auras enchaîné quinze dates d'affilée et les perpétuelles engueulades entre Erwan et Steven !
— Je crois que j'aime être sur scène.

Sam a éteint la lumière en lui souhaitant une bonne nuit. Il aurait voulu ajouter « Fais de beaux rêves » mais il n'a pas pu. Il était trop ému. La candeur, la pureté de cette môme le bouleversent.

L'Estafette entre dans le camping de l'Espérance où, ce soir, a lieu la prochaine représentation du *Songe d'une nuit d'été*. Tout se déroule à merveille depuis la première à Pontrieux. Après les jardins du château de la Roche-Jagu et la plage de Saint-Quay-Portrieux, la petite troupe a investi la cour d'une maison de retraite à Pordic, jouant devant un public à la fois dérouté et enthousiaste. Gaëlle vit sur un nuage, entourée de ses trois chevaliers servants qui ne tarissent pas d'éloges sur son charme androgyne et son professionnalisme. Elle rit en permanence, pour masquer l'embarras dans lequel la mettent ces compliments qu'elle estime exagérés.

Pendant que Sam, Erwan et Steven discutent de l'organisation de la soirée, Gaëlle se promène aux alentours et commence ses repérages. Elle réfléchit à une stratégie, cherchant le moyen le plus sûr pour rejoindre l'île d'Aval. Sa décision est prise. Elle tiendra sa promesse. Comment a-t-elle pu en douter ? Elle pourrait y aller à pied, bien sûr, à marée basse. Mais la vase mouvante qui s'étale sur une partie du trajet lui semble impossible à traverser. Légère et court vêtue, comme dit la fable de La Fontaine, elle arpente les abords de la plage sur laquelle donne le camping. Les espadrilles à talons compensés, la jupe en jean, le cache-cœur léopard qu'elle porte sont en parfait décalage avec l'endroit. Elle l'assume. Jusqu'à s'en amuser. Elle considère ces artifices féminins comme un jeu de dupes arrangé pour la bonne cause, en écho à son âme d'enfant ; elle a toujours adoré se déguiser. Séduire ne lui déplaît pas, à dire la vérité, même si cela est très nouveau pour elle. En outre, la nécessité de se « travestir » en femme a fait naître en Gaëlle une soif du beau, dont elle était dépourvue jusqu'alors. Elle admire les architectures des villages qu'ils traversent, la ligne des voiliers sur la mer, la somptuosité des tissus dont les marionnettes sont parées, celle des costumes de Erwan et de Sam, l'immensité des cieux qui s'ennuagent puis s'éclaircissent. Elle prend le temps d'observer, de regarder, d'écouter. De savourer. Dans ses transformations comme dans ses mouvements, son corps devient source d'inspiration, sur scène et dans la vie, autrement que lorsqu'elle combattait. Elle perd en agressivité, elle gagne en réflexion. Et en créativité. Elle s'en étonne.

Gaëlle se maquille, se pare de sa perruque et s'habille seule, à présent qu'elle s'est approprié les gestes et les réflexes de coquetterie allègrement transmis par son camarade de scène. Aujourd'hui, elle a ceint sa fausse chevelure rousse d'un foulard de soie, qui flotte nonchalamment le long de son épaule, bercé par le vent. Les lunettes de soleil en forme d'yeux de mouche, qu'elle a empruntées à la panoplie de Sam, lui mangent le visage. Leur translucidité violine laisse voir ses grands yeux noirs, surlignés d'un trait d'eye-liner et d'un peu de Rimmel qui lui colore les cils en leur donnant plus de longueur. Que gardera-t-elle de ces nouveaux rituels, en définitive, une fois sa mission accomplie ? De ces accessoires ? De ces attitudes ? Que fera-t-elle de sa vie ? Une vie où, de toute évidence, les chaussures à talons seront interdites ; ses chevilles sont tellement enflées qu'elle a dû les bander pour marcher. Parviendra-t-elle à renouer avec ses parents, comme le lui suggère Sam ? Avec sa mère, ses névroses et ses fantômes, desquels elle s'éloigne jour après jour ? Bientôt, elle aura dix-huit ans. L'avenir lui semble infini.

Gaëlle arrive devant un bungalow de location de bateaux. Un jeune homme d'environ vingt ans, torse nu, rince des kayaks au jet d'eau, d'un geste énergique et habile. Derrière lui, des gilets de sauvetage sèchent sur une balustrade. Ses yeux foncés, cerclés d'ombre et fixés sur un horizon indiscernable, donnent à son visage rond un air blasé. Rêveur, peut-être. Sa bouche épaisse semble retenir une pensée sur le point d'éclater. Il ne voit pas Gaëlle qui observe, rougissante, ses épaules râblées aux bras pleins, son corps peu musclé mais duquel se dégage une virilité placide. Elle s'approche pour lui parler, alors qu'il ferme le robinet d'eau.

— C'est combien la location d'un kayak ?

— Ça dépend.

— Ça dépend de quoi ?

Le jeune homme n'a visiblement pas envie de discuter. Il ramasse un prospectus sur une desserte où traînent un tas de papiers écrasés par des galets, et le lui tend, les yeux tournés vers la plage. Il peine à dissimuler sa mauvaise humeur.

— Y a tout, là : horaires, tarifs, types d'embarcations à louer.

Leur échange est interrompu par la sortie fracassante d'une jeune femme du bungalow attenant, dont elle vient de claquer la porte. La trentaine jean baskets, seins nus, un phœnix resplendissant tatoué dans le dos. Elle peste contre un homme tout en enfilant un sweat magnifiquement décolleté. Elle passe devant Gaëlle et le jeune garçon en les ignorant, puis revient sur ses pas.

— C'est Paul, ton nom à toi, c'est ça ? Alors Paul, tu diras à ton connard de frère qu'une femme, ça se traite comme une princesse. Qu'il arrête de croire que toutes les nanas baisent comme dans les films pornos.

Le frère en question, à peine plus âgé que Paul, sort du bungalow vêtu d'une combinaison de plongée à moitié défaite :

beau gars, à la silhouette velue et trapue, l'air sincèrement embarrassé. La jeune femme tatouée le dévisage et lui coupe la parole, au moment où il ouvre la bouche pour s'excuser.

— Je suis une princesse, t'as pigé ? Et elle aussi, c'est une princesse. On est toutes des princesses. Va falloir vous carrer ça dans le crâne, si vous voulez coucher avec nous, les mecs ! C'est fini la déglingue au plumard. La soumission des filles, tout ça. C'était dans le monde d'avant. Faut se réveiller, là. S'*updater* ! T'es *has been*, mon pauvre Hugo.

— Y en a plein des filles qui aiment bien qu'on fasse du sale au lit. Certaines, même, des trucs plus trash. Je sais que toi, non, maintenant. Ça t'a pas plu du tout ?

— Tu vois la case « supprimer » dans le répertoire de ton téléphone ? Tu sélectionnes mon numéro et tu cliques dessus. Je veux plus te revoir, c'est clair ?

Il tente de la rattraper, mais elle enfourche un vélo, le repousse d'un coup de pied et d'un « dégage » catégorique, puis part en le gratifiant d'un doigt d'honneur.

— Attends, Gwen… T'en vas pas ! crie Hugo.

Il la poursuit, en vain. Gaëlle et Paul échangent un regard amusé.

— Ça vous va bien quand vous souriez, dit Gaëlle.

Paul lève les sourcils et se recompose un visage impassible. Comprenant qu'elle n'obtiendra rien de plus, l'adolescente s'éloigne en direction du camping, intriguée par la personnalité de ce jeune homme. Intriguée ? Non. Si elle est honnête avec elle-même, elle doit reconnaître qu'elle est troublée. De son sourire, qu'il retient d'une moue boudeuse, se dégage une sensualité qui lui plaît. Gaëlle se trouve imbécile face à ce désir soudain et hésite à se retourner pour lui jeter un coup d'œil discret. Elle ne le fait pas. Elle n'aime pas les calculs, ni les minauderies. En même temps, elle se dit qu'il serait dommage de ne pas ouvrir la porte à l'envie qui la traverse. Poursuivant son chemin, elle décide de revenir le lendemain pour vérifier si l'attirance se confirme. Si tel est le cas, elle ira à l'abordage du joli garçon de la plage. Paul… En attendant, il faut qu'elle organise son parcours vers l'île. Y aller en kayak ne devrait pas être trop difficile, même si elle n'en a jamais fait. Du moins l'espère-t-elle, car elle ne voit pas d'autre moyen pour accoster.

Hugo se retourne sur elle, après qu'elle l'a dépassé, puis revient vers le bungalow.

— D'où elle sort celle-là ? demande-t-il à Paul.

— Je sais pas.

— Qu'est-ce qu'elles ont à se la péter, toutes ces nanas ? Bientôt, il faudra s'excuser d'avoir envie de baiser, tu vas voir.

Paul ne fait pas de commentaires. Il y a longtemps qu'il a arrêté de palabrer avec son frère à propos des filles. La goujaterie de ce dernier ne l'intéresse pas, même s'il doit bien avouer que son art de la conquête et sa façon de mettre l'application Tinder au service de sa libido lui inspirent une admiration ambiguë.

Il avait quinze ans lorsqu'il a compris que Hugo et lui étaient aux antipodes l'un de l'autre. Paul devait rendre un commentaire de texte sur « Parfum exotique » de Baudelaire, mais son ordinateur avait eu la bonne idée, ce dimanche-là, d'afficher un écran noir. Il avait par conséquent demandé à son frère s'il pouvait lui emprunter son ordinateur portable pour rédiger son devoir, ce que ce dernier avait accepté de bonne grâce. Il était passé le lui déposer chez leurs parents, dans le quartier de Belleville, à Paris, profitant de l'occasion pour faire laver et repasser son linge. Hugo vivait depuis peu dans un studio près de Nation, d'où il prenait un RER pour l'Université Paris Nanterre ; il y étudiait les sciences et techniques des activités physiques. Les filles y défilaient autant qu'il le désirait – « pour l'étude de cas pratiques » se vantait-il vulgairement auprès de ses amis – sans que cela heurte la sensibilité de sa mère. Par inadvertance, Paul avait cliqué sur un document intitulé « Week-end à Rome », pensant écouter la chanson d'Étienne Daho avant de se mettre au travail. Quelle ne fut pas sa surprise lorsqu'il découvrit qu'il s'agissait en fait d'une vidéo d'ébats furieusement passionnés entre Hugo et une jeune femme d'origine italienne. Une sextape, comme on dit, qui avait écorné sa sensibilité et perturbé ses débuts amoureux plutôt timorés. Il se faisait une tout autre représentation des choses de l'amour, plus pudique, moins bestiale, les envisageant tel un jeu de correspondances entre les sens, qui, à l'instar du poème de Baudelaire, se combineraient pour créer une jouissance idéale. La crudité de cette scène l'avait longtemps hanté, d'autant qu'il n'avait pu parler à personne de la honte dans laquelle sa découverte l'avait plongé. Avec le temps, le choc était passé – il avait pris le parti d'en rire –, mais avait laissé en lui une trace de mépris à l'égard de son aîné, qu'il considérait comme un athlète décérébré, obsédé par la performance dans tous les domaines, notamment celui de la sexualité.

Un débile, donc.

C'est grâce à son frère que Paul gagne un peu d'argent de poche cet été. Il y a deux mois, Hugo s'est trouvé un emploi saisonnier de moniteur de voile à la base nautique de l'Île Grande et lui a proposé de se faire embaucher pour l'entretien et la location des kayaks. N'ayant rien d'autre à faire avant la reprise des cours à la fac, Paul a accepté le job, dont le salaire lui permettra de subventionner son projet (utopique pour l'heure) de faire le tour du monde. Futé, il a négocié de loger dans un mobile home du camping de l'Espérance, afin de passer des soirées tranquilles et ne pas subir les frasques de son frère. En réalité, cette indépendance lui donne la liberté d'accueillir les copains de passage, voire la possibilité d'avoir une petite amie en toute discrétion, si l'occasion devait se présenter, la dernière en date ayant rompu au début des vacances. Là réside l'autre raison qui l'a poussé à rejoindre Hugo : prendre de la distance avec son dépit, même si, à dire vrai, il n'était plus amoureux depuis longtemps. Il ne s'en était pas aperçu, mais cette relation était devenue routinière et ennuyeuse. En plus du romanesque, des couchers de soleil, des dîners en famille, la demoiselle voulait de l'engagement, ce que Paul était parfaitement incapable d'offrir. Elle lui parlait de choses effrayantes comme le mariage, les enfants, le chien et la maison au bord de la mer, thèmes sur lesquels il bottait systématiquement en touche. La fille s'est lassée de son refus de satisfaire ses fantasmes conventionnels. De son manque de désir aussi – il lui faisait rarement l'amour –, et de sa lâcheté. Comment aurait-il pu adhérer si jeune à des projections d'avenir aussi sédentaires et traditionnelles, lui qui n'aspire qu'à découvrir la vastitude du monde et la pluralité des humanités qui le peuplent ?

Après une douche, Paul avale une salade de tomates à la mozzarella, son grand classique, puis sort boire une bière au bar du camping. Histoire de voir du monde, de profiter de l'été et de ses vingt ans. Il a assez envie d'en savoir plus sur la bombe qui est passée au bungalow en fin de matinée. Son côté « sexy déglingue » tranche avec la fadeur des filles qu'il a pour habitude de croiser et attise sa concupiscence. Le lieu, exigu, est bondé de monde. Paul a du mal à atteindre le comptoir duquel, amusé, il se rapproche à grand renfort de coups de coudes et de contorsions, pour commander sa pinte de Philomenn blonde. Il se demande comment il va retrouver la fille de la plage (est-elle encore dans les parages ?) dans cette cohue, dont il ne comprend d'ailleurs pas la densité et l'agitation. Y a-t-il une animation quelconque au programme ? Il n'en a pas entendu parler. Peut-être n'a-t-il pas fait attention. La réponse ne se fait pas attendre. Les lumières s'éteignent une à une, ce qui déclenche un flot de sifflements et d'applaudissements qu'un morceau de musique, en provenance de l'extérieur, atténue jusqu'à faire taire complètement. Le bar se vide, la foule s'éparpille sur la terrasse pour prendre place sur des chaises disposées face à une caravane dont une des façades latérales est abaissée. Badaud, Paul se fond au mouvement, afin de voir de quelle attraction il s'agit.

Un projecteur arrose timidement ce qui ressemble à une scène de théâtre, sur laquelle un grand livre couvert de poussière est pris dans une toile d'araignée : *Le Songe d'une nuit d'été*. Une œuvre dont Paul connaît l'existence par certains de ses camarades qui l'ont présentée au bac de français. Un lutin aux cheveux verts surgit d'un buisson, s'avance vers le livre, en déclame les premières lignes à voix haute. C'est alors que, devant les yeux des vacanciers, s'éveille un monde merveilleux : deux acteurs font leurs entrées et leurs sorties, tantôt en roi et reine des fées qui se disputent l'affection d'un jeune page, tantôt en amoureux en proie à la versatilité de leurs désirs, égarés dans la forêt par le lutin. Paul passe un agréable moment, épaté par la vélocité transformiste des acteurs et le théâtre de marionnettes, éclairé à la bougie, qui prend le relais durant les moments de comédie de la pièce.

Et le lutin du spectacle de conclure :

Si les ombres que nous sommes
et les mirages
Auxquels vous avez assisté
vous ont déplu,
Imaginez (et nous disparaîtrons)
Que vous étiez plongés
dans un profond sommeil[11]...

Est-ce que... ? Troublé, Paul se fraye un chemin parmi la foule qui applaudit chaleureusement les artistes et se rapproche de la scène. Oui. C'est elle. C'est bien la fille de la plage. Il reconnaît son minois, même s'il est vrai que l'illusion est parfaite et qu'il a été berné, croyant jusqu'au moment des saluts qu'elle était un garçon aux cheveux couleur de feuillage. Paul ne s'attendait pas à ce qu'un spectacle le divertisse autant. Et l'émoustille, à dire vrai. L'érotisation des liens entre les personnages, leurs ambiguïtés, la confusion des genres... Il se demande à quoi ressemble la jeune actrice au naturel. S'il trouve son côté « rousse bimbo » très excitant, il est obligé de s'avouer qu'il n'est pas indifférent à sa version androgyne dans la pièce de ce soir. Quelle personnalité inattendue dans ce panorama si peu artificiel de la Bretagne du Nord ! Les acteurs ont un don de métamorphose qui le stupéfie.

Hélas, la jeune fille ne reste pas boire un verre au bar. À peine sortie de la caravane, elle détale comme un lièvre au bras d'un de ses partenaires, un type en âge d'être son père. Si elle aime les *sugar daddys*, c'est mort, se dit Paul, tapi dans un coin de la terrasse d'où il observe leur départ, incognito. Il les piste jusqu'à leur mobile home, telle une groupie, histoire de leur voler un bout de vie intime, d'avoir un visage sans fard à mémoriser en attendant de la revoir. Histoire aussi de comprendre pourquoi il a tellement envie de l'embrasser. Un « je ne sais quoi » en dehors du commun ? Sa curiosité n'est cependant pas récompensée : le comédien tire les rideaux, ruinant tout espoir d'en savoir davantage sur la mystérieuse inconnue. Salaud de vieux !

Paul ignore encore de quelle manière il abordera la demoiselle. Ce dont il est sûr, en revanche, c'est qu'il faut qu'il la revoie et qu'il lui parle. Absolument.

Parée de sa perruque, d'un maquillage léger et de sa tenue de pin-up, Gaëlle plie des programmes du spectacle, installée sur la terrasse du mobile home, où elle finit un petit déjeuner que Sam lui a préparé avant d'aller à la plage. Le malaise dont il a été victime a eu pour conséquence bénéfique qu'il nage à nouveau, ayant repris goût non seulement à la baignade, mais également aux promenades en bord de mer. Il affirme que cette expérience l'a guéri de sa phobie des eaux profondes et sombres apparue un an après la disparition de David. La sérénité qu'il dégage, jour après jour, rend Gaëlle heureuse. Depuis la syncope de Sam, elle sait à quel point elle est attachée à lui. Bien sûr, elle n'éprouve à son égard aucun élan possessif ou exclusif, d'ordre passionnel. Plutôt une responsabilité, une dépendance peut-être également, un besoin vital de sa parole, de son regard, de sa présence à ses côtés, pour l'accompagner alors que s'écrit pour elle une page vierge de son histoire. Elle n'aurait pas supporté de le perdre, lui aussi. Elle ne s'en serait pas remise. C'eût été au-dessus de ses forces. Sans doute aurait-elle renoncé à sa promesse et serait-elle devenue folle. Ses supplications l'ont-elles ramené à la vie ? Ses cris, son ordre de revenir ? C'est ridicule de croire à ce type de toute-puissance et de magie, elle en a conscience, mais elle ne peut s'empêcher de faire tenir du miracle l'issue de cette drôle d'épreuve. Solidaire, souveraine, hors des sentiers battus, leur amitié en forme de tourbillon porte en son cœur les éléments du monde et de la création, indispensables à son épanouissement. Sa première rencontre avec Sam lui semble remonter à une éternité ; leur complicité fait étrangement écho à celle qu'elle avait avec Arthur, intense, douce, dénuée de conflits et d'ambivalence. Une sorte d'association à bénéfice mutuel, à l'instar de celle de la fleur et du bourdon, qui s'unissent comme la nature s'unit aux saisons. Gaëlle n'en a pas connu d'autre.

Tandis qu'elle erre dans ses pensées, une silhouette apparaît, qu'elle n'identifie pas tout de suite. Elle rougit en constatant qu'il s'agit de Paul. Le garçon de la plage. Le renfrogné des kayaks. Les jours se suivent et ne se ressemblent pas. Il est venu l'informer qu'il donne un cours d'initiation en début d'après-midi, à marée haute. Si ça la tente… Gaëlle n'est pas certaine de pouvoir se libérer, le metteur en scène a prévu une série de raccords sur scène à ce moment-là, mais, oui, ça la tenterait bien. Le jeune homme lui tend un sachet en papier maculé de taches grasses, qu'il cachait derrière son dos.

— Kouign-amann, annonce-t-il, charmeur.

— Tu veux que je prenne vingt kilos ? s'exclame Gaëlle en souriant.

— Tu compenseras sur le kayak. Ou sur scène. Génial, ton spectacle !

— T'étais là ? Je t'ai pas vu, répond-elle, embarrassée.

— J'ai été emporté par la foule de tes admirateurs.

— T'es con !

Paul fredonne un air en imitant Édith Piaf.

— Emporté par la foule qui nous traîne, nous entraîne, nous éloigne l'un de l'autre…

Gaëlle se surprend à rire et détourne le regard. Paul s'approche de la table et s'assoit sur une chaise, face à la jeune comédienne.

— Vous êtes balèzes, toi et tes partenaires. Franchement. Ça fait longtemps que je n'avais pas été autant emballé par du théâtre !

— Tant mieux. Enfin, je veux dire : merci.

Il déchire le sachet en papier et le dispose sur la table, en replie les bords jusqu'à former une assiette de fortune.

— Tu m'offres un café ?

— Euh…

— Promis, je me tire dès que ton mec rentre de la plage.

— Mon mec ? s'étonne Gaëlle.

— Le vieux. Enfin je veux dire… L'acteur qui joue les rôles de femmes.

— Sam ? C'est un ami.

— Homo ?

— Avec ou sans sucre, le café ?

— Avec.

Gaëlle entre dans le mobile home, tandis que le jeune homme plonge dans la lecture du programme. Son sang ne fait qu'un tour lorsqu'il parcourt des yeux la distribution. *Rôle de Puck : Julien Tassel.*

Aïe. La regrettable découverte. Voilà une donnée que Paul n'avait pas du tout envisagée. Paul, le nigaud. Paul, le bonasse. Il n'a vu que ce qui l'arrangeait. Il aurait pu s'en douter, s'il avait un tant soit peu réfléchi, l'imbécile. Extravagance du look de plage, androgynie, transformisme. Ce sont des gays, en fait. Les trois. Des travestis. Des transgenres peut-être. Et dire qu'il a fantasmé sur cette fille, l'imaginant nue, se caressant et frottant son corps embrasé contre les draps du lit, lui faisant mentalement l'amour. Dire qu'il est arrivé la bouche en forme de cœur avec son kouign-amann et ses intentions à peine déguisées. Un mec, putain ! Non pas qu'il ait honte. Il est ahuri. La surprise le désarçonne et provoque en lui une gêne, une panique d'une acuité rare. Pris au piège de ses projections, Paul ne sait plus comment faire face à la situation. Alors il se lève d'un bond, tourne sur lui-même et s'enfuit en courant. Effrayé, tel un pauvre hère pourchassé par le démon.

Quand elle constate que Paul blêmit et évite son regard durant tout le cours d'initiation au kayak, Gaëlle se dit, avec une sorte de désemparement, qu'il est beau. Vraiment. Touchant. À la fois sérieux et sensuel lorsque le timbre de sa voix se teinte d'accents graves sur certaines voyelles. Irrésistible. Rares sont les moments où Gaëlle a eu le goût de prendre. Mais là, elle voudrait attraper son visage entre ses mains, le serrer dans ses doigts avec violence, presser sa bouche pleine, épaisse, très longue, contre la sienne, jusqu'à en étouffer. Si elle était honnête, elle reconnaîtrait que ce jeune homme n'est pas si beau qu'elle se le raconte. Il n'a ni le physique d'un Apollon des plages ni la présence vénéneuse d'un Johnny Depp, d'un Jeremy Renner ou d'un Tom Hardy. Qu'a-t-il donc à ses yeux de si séduisant ? L'air écorché, peut-être, sans être sombre. Un écorché solaire. Qui s'enfuit quand on lui apporte la boisson qu'il a demandée, qui ne donne pas d'explication et ne dit pas au revoir. Quelle effronterie ! Elle s'est retrouvée comme une idiote à boire les deux cafés toute seule, devant l'assiette en papier et les gâteaux luisants de beurre. Ça l'a vexée. Puis Sam est revenu de la plage, rayonnant et revigoré, la peau blanchie de minuscules cristaux de sel, affamé comme on l'est parfois de la vie ; il puise dans les circonstances actuelles une ressource insolite. Elle lui a relaté sa mésaventure et manifesté son incompréhension, tandis qu'il dévorait un kouign-amann :

— Il a peur, a dit Sam, la bouche pleine.

— Peur de quoi ?

— Peut-être qu'il a eu un coup de foudre, ça le déstabilise.

— On se connaît pas.

— Ça s'est passé comme ça pour moi, avec David. Quand je l'ai vu dans son jean moulant et sa veste en daim, le jour de la rentrée, j'ai craqué instantanément.

— Et t'es parti ?

— J'ai eu une angine qui m'a valu une semaine d'infirmerie. Ma façon de fuir ce qui m'arrivait.

Sam est allé se doucher et a laissé Gaëlle à ses interrogations. Que penser de cette attitude bizarre, qu'elle qualifie de lâche et d'immature ? Arthur aurait-il agi ainsi ? Comment se comportait-il d'ailleurs avec les filles ? Il était discret sur ses flirts, ne confiait que les coups de cœur qu'en général il ne concluait pas, préférant les amours de théâtre aux amours réelles. À tel point qu'elle le soupçonnait de préférer les garçons et de ne pas oser se le formuler. Elle, quand elle est attirée, elle y va. Un point c'est tout. Pourquoi tergiverser ?

À quoi bon partir quand on a envie de rester ? En amour, elle a du mal avec le paradoxe.

Gaëlle continue d'observer Paul. Elle le dévore des yeux, sent un appétit grandir en elle, un pincement gourmand dans le bas du ventre, une soif, un besoin d'ivresse. Ce geste agile de la main et du poignet, lorsqu'il explique comment se servir de la pagaie, lui confère un vrai charme. Il y a de la retenue dans ses mouvements et une inflexion dans le reste de son corps qui excitent Gaëlle. Elle n'écoute rien de ses explications, distraite par le cinéma qu'elle se fait sur son écran mental. Les mots ont peu d'importance pour elle. Elle leur préfère les gestes, qu'elle mémorise sans difficulté. De temps à autre, tout de même, elle lorgne du coin de l'œil la vraie raison de sa présence sur cette plage : l'île d'Aval. Elle touche au but. Dans une semaine, ils auront fini leur tournée des campings alentour. Ils partiront et ce sera la fin de sa courte carrière d'actrice. Sa mission devra être accomplie ; sa promesse, tenue. Elle agira dans les jours qui viennent.

À cette idée, une vague d'émotion l'envahit. Elle repense à son frère, ses derniers jours, les disputes avec ses parents, le vol des cendres, son séjour à l'hôpital, sa fugue. Autant de souvenirs malheureux que la frénésie des répétitions, les fous rires avec Steven, la tendresse infinie de Sam et les grognements de Erwan lui ont fait oublier, un temps. Et ce personnage de Puck, le lutin, dont la liberté et la versatilité agissent sur elle, mine de rien, transformant ses colères en jeu, débridant son cœur. Elle se sent plus audacieuse et plus confiante depuis qu'elle est lui, certains soirs.

Quand Gaëlle est arrivée sur la plage, l'initiation avait déjà commencé. Elle s'est glissée dans le groupe de néophytes, composé de deux couples de quadragénaires, et s'est postée en face de Paul. Dissimulée derrière ses lunettes de soleil, sa perruque rousse remontée en chignon et un débardeur échancré laissant deviner la rondeur de ses jolis seins, elle a pris le train en marche, après avoir lancé un vague « bonjour ». Blanc comme un linge, le jeune homme ne s'est pas laissé démonter ; il a ralenti le débit de ses paroles, pour ne pas bafouiller, et amplifié sa gestuelle pour se donner de la prestance. Son trouble est-il un trouble amoureux, comme le prétend Sam ? Gaëlle a décidé de s'en amuser. Pourquoi pas, après tout ? Il est mignon. Voilà, c'est ça. Il n'est pas beau, il est mignon, ce garçon. Très mignon, pense-t-elle, alors qu'il propose au groupe de mettre en pratique ce qu'il vient de leur apprendre, dans le cadre d'une sortie en mer. Inévitablement, chaque couple fait paire avec son partenaire, ce qui déstabilise Paul. Il masque sa gêne par une fausse légèreté, enchaînant maladroitement une suite de « très bien », « super », « génial », « formidable », « excellent », à la manière des Anglais qui emphatisent la moindre situation, ce qui fait rire Gaëlle.

— Qu'est-ce qu'il y a de drôle ? lui demande-t-il.

— J'ai dû boire trop de café, répond-elle en souriant.

Placée à l'avant du kayak, Gaëlle pagaie comme une furie, ce qui conforte Paul dans son constat. Il est bien en présence d'un mec ; une nana n'aurait jamais autant d'énergie, autant de force. Ceci étant dit, il reconnaît qu'elle est bien faite pour un trans : seins charnus, hanches rondes, jambes longues et fines. Et les fossettes qui adoucissent son visage quand elle sourit... Les mecs, c'est pas son truc, à Paul. Il a bien essayé un plan à trois avec une de ses ex et un pote de lycée. Mais c'était pour le fun plus que par excitation. Et aussi parce qu'il est influençable ; il a du mal à dire non, notamment aux filles. Il se hait parfois de manquer à ce point de personnalité et de confiance en lui. Un trans, il ne sait pas, il n'y a jamais songé. Pourquoi pas après tout ? Le corps hermaphrodite a un caractère intégral, une inquiétante opulence qui pourrait le faire bander.

Gaëlle se tourne vers lui, le regard intense, tellement investie qu'elle en est désarmante.

— Ça va, comme je fais, là ?

— Va chercher l'eau devant toi, tu vas t'épuiser, sinon, répond Paul sur un ton professionnel.

Puis il se retourne vers les deux couples, les exhorte à ne pas s'éloigner, leur propose d'aller jusqu'à l'île d'en face. Gaëlle tressaille et redouble d'enthousiasme. Elle lui demande si on a le droit d'y accoster. Paul la dissuade, plaisantant sur le fait qu'elle est hantée par des fantômes de flibustiers, dont le bateau aurait échoué au XVIIIe siècle.

— C'est pas l'île où il y a le tombeau du roi Arthur ?

— Ce sont des fables, tout ça ! rétorque le jeune homme, amusé par sa crédulité.

Un vent frais accompagne la marée qui continue de monter et renforce la vigueur des courants que les kayakistes ont contre eux. De petites vagues ramassées et drues chahutent les embarcations. Alors qu'ils sont à mi-parcours, la femme d'un des couples hurle que c'est trop difficile pour elle, qu'elle préférerait retourner vers la plage. Malgré l'insistance de son mari et les encouragements de Paul, elle s'obstine, supplie, s'affole. Le groupe cède. Gaëlle est déçue.

— On pourrait pas continuer, nous ?

— J'ai pas le droit de les laisser seuls. Faut qu'on rentre. Désolé.

Chacun fait marche arrière. Ramer étant plus aisé dans le sens du courant, Paul propose un jeu, histoire de ne pas rester sur un dépit.

— Les premiers arrivés gagnent un cours gratuit !

Ce dont il ne se doutait pas, c'est que Gaëlle, toujours prête à relever les défis, redoublerait d'acharnement. Elle donne un rythme effréné à son pagayage et ne laisse pas d'autre choix à Paul que de synchroniser ses coups de rames avec les siens. Ils doublent puis distancent les autres participants, ébahis de voir la jeune fille – dont l'accoutrement pimpant ne laissait rien paraître de son esprit sportif – lutter pour la victoire. Et l'obtenir en poussant des cris de joie !

Hugo, le frère de Paul, les accueille sur la plage. Il aide ceux qui peinent à ramener les kayaks sur le rivage, tant le courant est violent, puis s'en prend à Paul, qu'il tient pour irresponsable de les avoir fait sortir dès le premier cours.

— Mais non, au contraire, s'écrie Gaëlle. C'est comme ça qu'on apprend le mieux. En pratiquant sur le terrain !

— Y avait pas de vent, tout à l'heure, répond Paul.

— C'est un bon professeur, affirme Gaëlle. J'ai tout compris.

— Et il y a d'autres sports que tu pratiques sur le terrain ? renchérit Hugo, ouvertement salace.

Gaëlle, que l'effort physique a vivifiée, lui tend un programme du spectacle et l'invite à venir la voir sur scène, le soir même, au camping de l'Espérance, pour en « discuter » à l'issue de la représentation. Son sourire provocant n'échappe pas à Paul qui s'agace de leurs simagrées et signale à son frère, d'un ton crispé, que le téléphone sonne. Sa jalousie flatte Gaëlle. Hugo s'éloigne vers le bungalow, puis envoie à la jeune fille quelques clins d'œil accompagnés de gestes grotesques, afin de lui signifier qu'il sera au rendez-vous pour boire un verre et « discuter ». Après avoir remis son kayak en place, Gaëlle se débarrasse de son gilet de sauvetage et de ses vêtements trempés. En bikini, elle sort une serviette de bain de son sac et se frictionne le corps pour le réchauffer, sous le regard médusé de Paul qui, machinalement, jette un œil à l'entrecuisse de la demoiselle, dont il est évident qu'il n'est pas celui d'un homme. Enfin, a priori. Est-on jamais sûr de la réalité, avec les artistes ?

Petit carnet noir

Le film de mes souvenirs s'est arrêté. Fini les boucles entêtantes. Je suis épuisé mais ne suis pas fou. Sois rassurée, petite sœur. Suis-je serein ? Va savoir… Calme, en tout cas. Laisser en suspens la question du sens de la vie m'apparaît être le remède à bien des tourments, tout compte fait.

Et si c'était ça le bonheur ? S'interroger plutôt que d'exiger des réponses. Faire de soi-même un vaste champ d'investigations. Et accepter ce qui est, afin que survienne ce qui pourrait être. Les certitudes n'enferment-elles pas ? Ne sont-elles pas des raccourcis vers la peur, le vide, l'absence de pensée et d'amour ? Il me semble que les doutes ouvrent aux possibles.

Pardon de ne pas gagner mon combat contre la maladie.

Pardon pour la peine que ma mort vous causera, à maman, papa et toi.

Pardon de partir avant vous, si tôt.

L'Étoffe de nos rêves

Cette nuit, j'ai rêvé que j'étais sur une barque entourée de brouillard et baignée d'une lumière couleur de l'aube. Pourquoi est-ce que je portais mon costume de scène en velours noir ? Mystère. Mon préféré. Le seul habit qui m'ait fait me sentir à ma juste place. Un habit de liberté, que ni mon éducation ni la société ne m'ont assigné. Un habit que j'avais choisi et dans lequel je me sentais pleinement moi. Une jeune fille nue, dont la peau claire était partiellement voilée par une chevelure bleue nimbée de fleurs, sortait de la brume et s'avançait vers moi. S'agissait-il d'Ophélie, la fiancée d'Hamlet, la vraie ? Ou bien d'un ange qui en jouait le rôle ? Était-ce Morgane, la sœur magicienne du roi Arthur, ou Merlin, dont il est dit qu'il a le pouvoir de revêtir toutes les apparences, même les plus inattendues ? La dame du Lac ? Une sirène ? Vénus ? Était-ce un mirage ? Une création de mon esprit ? La réalité de la mort ? Quoi qu'il en soit, l'expérience était plaisante, tout comme la demoiselle qui inondait mes yeux de la douceur de son regard et entreprenait de me déshabiller : « Les répétitions sont terminées. Plus de spectacle. Vous n'avez pas besoin de vêtements, ici » disait-elle.

Ainsi me retrouvais-je nu, aux côtés de la belle inconnue, voguant sur des eaux aux reflets glaz. Le rêve s'est arrêté au moment où nous nous apprêtions à sauter, elle et moi.

Est-ce donc ça, la mort ?

Un plongeon ? Des eaux calmes ? Une belle femme ?

Si c'est le cas, alors c'est cool.

Ça lui fait bizarre ce soir, à Gaëlle, de se bander la poitrine. Faire disparaître ses attributs féminins, les nier, les comprimer, la contrarie. Pour la première fois, elle en éprouve une douleur physique. Bien sûr, ça fait partie du jeu. Un lutin avec une poitrine de femme ne serait pas crédible ; l'image n'aurait pas de sens. Encore que, tout est une histoire de point de vue. Peut-être pourrait-elle en discuter avec Erwan et Sam pour les représentations prochaines, après tout, rien n'est gravé dans le marbre. Un Puck hermaphrodite plutôt qu'asexué, pourquoi pas ? Mais la question n'est pas là. Est-ce parce qu'elle sait que Paul sera dans le public tout à l'heure, que son corps travesti lui fait mal ? Qu'elle souhaiterait se montrer à lui telle qu'elle est vraiment, dépouillée de tous ces artifices qui dissimulent sa véritable identité ? Fausse fille rousse le jour, faux garçon aux cheveux verts la nuit. Elle ne supportera pas longtemps ces simulacres. Qu'elle en souffre dans sa chair l'intrigue. Les contraintes, ce n'est pas son truc, à Gaëlle. Voilà une chose qu'elle est dorénavant sûre de connaître d'elle-même : elle a besoin de décider toute seule de sa vie.

Comme la veille, le spectacle ravit la foule rassemblée sur la terrasse du bar du camping et déclenche une trombe d'applaudissements, arrosés à la limonade pour les enfants, à la bière, au spritz ou au mojito pour le reste de la population. Éméché, Hugo hurle un « à poil ! » lors des saluts qui provoque un malaise général, notamment chez les parents. Paul s'est isolé dans un coin pour ne pas avoir à subir la vulgarité de son frère. Il s'en méfie comme de la peste et déteste l'état imprévisible dans lequel l'alcool le plonge à tous les coups. Les artistes sortent des coulisses, vêtus de leurs costumes de scène et se prêtent, ce soir, au jeu des photos et des selfies. Les enfants sont enchantés d'aller voir les marionnettes de plus près et de poser en compagnie du grand lutin qui les manipule, pour le plus grand plaisir de Steven.

Sam prend Gaëlle à part.

— Il vaut mieux que tu ne fasses pas de photos. On ne sait jamais…

Paul les observe de loin, intrigué par l'attitude du comédien qui semble avoir une drôle d'autorité sur la jeune fille, si c'en est une. Il se rapproche d'eux, aimanté par le mystère de la situation, esclave d'un instinct qui relativise ses appréhensions.

Pendant ce temps, Hugo s'est rapproché de Gwen, la jeune femme au dos tatoué, dont, la veille, le départ fracassant en plein préliminaires lui a laissé un goût amer. Il l'a repérée, accoudée au bar, seule. L'heure du dénouement a sonné pour la petite allumeuse, pense-t-il, fin soûl, juste avant de lui sauter dessus pour l'arracher du comptoir, la plaquer contre un mur et l'embrasser outrageusement. Sans qu'il ait le temps d'aller plus loin, cette dernière lui décoche un violent coup de genou où il tentait d'attirer sa main deux secondes au préalable. Hugo se plie en deux de douleur. Gwen le chope par le col.

— T'as vu mes talons ? Je t'en plante un dans l'orbite si tu recommences. Pigé ? Tu gémiras pour quelque chose, comme ça. Maintenant, tu dégages. Je veux plus te voir. Ni même te croiser. Jamais. C'est clair ?

Elle réajuste sa tenue, récupère son verre de spritz et fend la foule, en direction de la terrasse. Elle ne remarque pas que ça rit autour d'elle, ça raille, ça se moque du pauvre gars. Humilié, Hugo se lance à sa poursuite, telle une bête enragée. Il bouscule, cogne, invective sans distinction celles et ceux qu'il trouve sur son passage et déclenche une échauffourée qui dégénère en bagarre générale, digne d'un mauvais western.

— Tu ferais mieux de ne pas rester là, dit Sam à Gaëlle. Va te changer et reste dans le mobile home. Je rassemble les accessoires et j'arrive.

Alors que Gaëlle s'éclipse, Paul la rejoint et se met en travers de son chemin.

— Je voulais m'excuser pour hier…

— J'ai pas le temps, là.
— Tu m'offres un café ? Celui-là, je le boirai, promis.
— Plus tard.
— Allez…
— Pas maintenant, je te dis. Laisse-moi passer !
Paul ne bouge pas. Gaëlle s'impatiente.
— T'es sourd ou quoi ?
— Ouais. Qu'est-ce que t'as dit ?
Gaëlle rit. Ce garçon a décidément beaucoup de charme.
— J'ai de la bière au frigo, si tu préfères. Je t'invite ?
— Faut que je me change.
— Mais après, tu viens ?
— Je sais pas. Peut-être.
Gaëlle l'écarte de sa route et marche à vive allure en direction des mobile homes. Cendrillon quittant le bal avant les douze coups de minuit, se dit Paul, intrigué. Pourquoi est-elle si pressée ? Que lui a dit son partenaire pour faire basculer son humeur ? A-t-elle des soucis ? La tient-il sous sa coupe ? Si oui, pour quelle raison ? Est-il un ami seulement, comme elle le prétend ? Son père, son amant ? Sont-ils des hommes, des femmes, tous autant qu'ils sont ? Quels secrets cachent-ils ? Toute cette confusion l'enflamme. Il doit savoir.

Gaëlle disparaît dans son mobile home, le jeune homme s'assoit sur le banc d'en face, obstiné et émouvant.

— Je t'attends, lui crie-t-il. J'attendrai toute la nuit, s'il le faut !

On n'a qu'une jeunesse ; Paul a bien l'intention d'en profiter. Il s'est interrogé sur son désir tout le temps du spectacle, le fait qu'il soit tenace malgré son éventuel caractère homosexuel. Que Hugo lui ait annoncé qu'il allait au bar de l'Espérance, dans la perspective de « fourrer la bimbo de la plage », n'a fait qu'exacerber son envie de conquérir la jeune comédienne. La rivalité entre hommes enclenche une émulation dont Paul ne soupçonnait pas la puissance d'action. Il n'y a jamais été confronté et pour cause : il trouvait jusque-là ce type de conduite ridicule. Ce qui est toujours le cas, mais il n'a pas su résister à la jalousie. Paul vit son trouble comme un élan de curiosité, un attrait pour une jouissance inédite. Prendre le risque d'une expérience inhabituelle l'excite bien plus que la satisfaction sournoise qu'il tire à supplanter son frère aîné. Paul n'a pas rêvé les jolis seins en forme de poires, les hanches rondes, la peau fine. Ce ne sont pas les attributs d'un homme. S'il s'agit d'une personne transgenre, ainsi soit-il. Il pourra se féliciter d'avoir goûté à un plaisir décalé. Car quoi ? A-t-il besoin de justifier ses attirances sexuelles auprès de qui que ce soit ? Refouler un désir lorsqu'il est si prégnant serait un crime contre soi-même, pense-t-il. Et contre la vie.

Dans la pénombre, nul besoin de tricher sur qui l'on est ou qui l'on prétend être. L'obscurité débarrasse les individus du superflu des apparences. Elle rend à soi-même. Dans la pénombre, seul le désir compte, sa résonance, son écho. Et la complicité des corps qui se devinent, se respirent, se frôlent puis se lutinent. Dans la pénombre, Gaëlle pose ses lèvres sur celles de Paul, des lèvres faites pour elle, des lèvres pulpeuses et gourmandes, des lèvres qui murmurent des mots déroutants, les mots de son inquiétude à lui, des mots qu'il prononce pour lui davantage que pour elle, des mots qui disent : « Tant pis si tu es un mec. Ou tant mieux. Qu'est-ce qu'on y peut ? »

Gaëlle est froissée. Son ardeur se fige, tout à coup. Elle a un mouvement de recul, tente d'échapper à l'étreinte des bras qui l'encerclent. En vain. Paul la serre plus fort encore. Paul, dont elle sent la virilité palpiter contre son ventre. Elle est contrariée. Elle cherche ses yeux, elle le questionne.

— Tu préférerais ?

— Quoi ?

— Que je sois un mec ?

— Non. Bien sûr que non.

— Tu l'as cru ?

— Peu importe. Tu me plais.

Et il lui rend son baiser. Langoureusement.

Paul pense : ce qui détermine une personne n'est pas ce que l'on sait – ou ce que l'on croit savoir – d'elle. C'est ce qu'elle cache. Et ce qu'elle fait de ce qu'elle cache. C'est tellement plus captivant. Cette nuit, il veut Gaëlle entièrement à lui. Nue. Il le lui susurre. Elle y consent. Après l'avoir dévêtue, il lui ôte sa perruque – il la préfère sans. Puis il passe sa main sur ses cheveux courts et drus, sur son visage, son cou, pour en avoir une représentation rien qu'à lui, en saisir la vérité. Cette nuit, dans la pénombre, Gaëlle se livre à Paul, dépouillée de ses artifices. Être ainsi choyée pour ce qu'elle est la rend vivante. Elle a maintenant besoin de cela pour affronter son chagrin et ne pas tomber perpétuellement dans le gouffre qu'a creusé en elle la mort de son frère : être désirée. Par un garçon dans l'intimité, par un metteur en scène dans le monde. Sexe et théâtre. Amour, si possible. Y aurait-il là une perspective d'avenir qui s'esquisse ? Une route qui s'offre à elle ? Un chemin de vie ?

Paul l'embrasse, les doigts autour de sa figure. Elle ferme les yeux sous la chaleur qui envahit ses tempes, ses paupières, sa gorge. Une sensation apparaît en elle, qui la surprend car elle ne la connaît pas, qui n'a ni la hâte ni l'effervescence du désir, mais qui est heureuse, lente, floue. Il l'embrasse avec une sorte de respect, de tremblement. Gaëlle est émue. Effrayée un peu, aussi. Elle n'a connu que la gaieté désinvolte, le côté gauche et brutal de Loïc, son petit ami précédent, lors de leurs ébats amoureux. Ça la ravit, cette sensibilité que Paul assume dans leur échange, cette douceur qui fait couler en elle un ruisseau de volupté. Alors qu'il s'allonge sur elle, qu'il l'explore avec patience, elle oublie tout, succombe à ses chuchotements, à ses morsures dans le cou, à ses doigts sur ses seins, sur ses hanches, dans son sexe. Cet oubli de soi lui apparaît comme un cadeau, la rend présente à elle-même comme elle ne l'a jamais été. Relève-t-il de l'affection, de l'amour ou de la passion ? Elle ne sait pas.

Les caresses de son jeune amant deviennent soudain plus enflammées, provoquant en elle une tempête, un ouragan de frissonnements. Elle est prise de tremblements, son souffle devient plus court, de l'eau ruisselle de sa peau, de son intérieur, elle n'y peut rien. Elle agrippe le corps de Paul et le presse contre le sien, pour qu'il entre en elle plus en profondeur encore. Gaëlle aimerait que cet état dure au-delà de l'orgasme qui la cabre, alors que le rythme de leur étreinte s'accélère, et dont elle libère la violence dans un râle. Elle aimerait que cet état soit éternel.

Après avoir repris son souffle et laissé les tressaillements de sa chair se tempérer, Gaëlle se love dans les bras de

Paul. Dans l'obscurité qui les entoure, ils ne voient pas leurs visages. Mais elle devine un sourire sur les lèvres du jeune homme. La tête dans le creux de son épaule, Gaëlle respire l'odeur de son amant, le parfum de sa peau, dont elle aime l'arôme piquant. Il lui plaît. Elle retrouve sur lui celui de son propre corps, son effluve vanillé. Elle ne s'était pas imaginé cela ; un tel mélange des peaux et des senteurs, pendant l'amour. Ça n'arrive peut-être qu'à quelques-uns, ceux qui sont destinés l'un à l'autre. Ou peut-être est-ce un hasard, cette alchimie ? Peut-être est-ce cette rencontre, tout simplement, qui exacerbe son odorat ?

— Embrasse-moi, dit Paul.

Gaëlle se tourne vers lui, se relève sur ses coudes et dépose un baiser sur ses lèvres, prenant conscience avec émotion que le plaisir, la servitude étrange qui la retiennent cette nuit aux bords de cette bouche, sont peut-être le plaisir et la servitude de l'amour. Elle en frémit, surprise par ce sentiment nouveau. Paul l'embrasse à son tour, et la serre dans ses bras.

Ainsi enlacés, les deux jeunes amants oublient le monde. Ils se taisent. Plus rien ne compte que leurs chairs apaisées par la jouissance et le sommeil qui s'en empare, telle une contagion.

Le hasard ne fait pas forcément bien les choses. Tout est toujours affaire de point de vue, bien sûr. Si l'on adopte celui de Gaëlle, ce hasard-là est désastreux. Mais elle ne le sait pas encore. Elle dort à poings fermés dans les bras de son amoureux. Sam, de son côté, s'inquiète de son absence.

Hugo, le frère de Paul, se trouve au poste de police, où il a passé la nuit, en cellule de dégrisement. Le brigadier, assis en face de lui, l'informe qu'il fait l'objet d'une mesure de garde à vue, à la suite des plaintes pour agression et dégradations volontaires déposées contre lui après son interpellation. Hugo se confond en excuses et tente d'atténuer les faits en rappelant qu'il a cogné sous l'effet de l'alcool, qu'il ne se souvient pas de ce qui a déclenché la bagarre. Il embrassait une fille et puis… Trou noir total.

Derrière le brigadier, le portrait d'une jeune personne, punaisé à un tableau en liège, interpelle Hugo.

— C'est quoi, cette photo ?

— Avis de recherche.

— Quelqu'un de disparu ?

— Une ado en fugue.

Pourquoi la mémoire occulte-t-elle des pans entiers de souvenirs, puis laisse-t-elle, dans un éclair, resurgir des visages que l'on connaît à peine ? Pourquoi recoupe-t-elle, sans qu'on la sollicite, certains détails de rencontres anodines, dont elle fait des évidences ? Pourquoi rend-elle soudainement physionomiste une personne qui était jusque-là piégée par le jeu des apparences ? Pourquoi Hugo reconnaît-il Gaëlle sur la photo ?

— Je sais où elle est.

— Vous en êtes sûr ? demande le brigadier.

— Si je peux vous aider... ajoute le jeune homme d'un air crâne.

Marée basse. Gaëlle, sac au dos, court sur la plage, en direction de l'île d'Aval. Elle va tenter de dépasser la partie vaseuse en passant de rocher en rocher. Au-delà d'une certaine distance, il n'y a plus de vase, mais un sable compact. Elle pourra alors hâter le pas et se mettre en quête du menhir en granit et de la croix mérovingienne, protégés par un muret en pierres sèches, dont elle a vu des photos sur Internet. Le roi Arthur serait enterré sous ce mégalithe…

Pendant qu'elle se préparait, Paul l'a interrogée, étonné de son urgence à se rendre sur une île privée, tout d'abord, et ensuite par le fait qu'elle soit recherchée par la police. Elle lui a répondu que ça n'était pas le moment, qu'elle lui expliquerait plus tard. Rien de grave. Une promesse à tenir. Il a insisté pour l'accompagner, mais elle lui a répondu qu'elle avait besoin d'être seule. Alors il est devenu caressant, lui a susurré – il est vrai que c'était maladroit –, qu'elle était bien contente de l'avoir à ses côtés la nuit dernière. Elle l'a repoussé avec fermeté. Puis elle a planté son regard dans ses yeux alanguis et lui a répété qu'elle irait seule.

Sam avait fini par retrouver Gaëlle. Il avait fait le tour de tous les mobile homes du camping, le sac à dos de la jeune fille à la main, dans lequel il avait glissé la poche contenant les cendres de son frère. Il l'avait pressée d'accomplir sa mission avant que les policiers ne lui mettent la main dessus. Face à son hésitation, il l'avait secouée et lui avait lancé : « C'est la fin du voyage, Gaëlle. Tu regretteras de ne pas avoir été au bout de ta promesse, si tu n'y vas pas tout de suite. C'est maintenant ou jamais, demain il sera trop tard. »

Les policiers interrogeaient Erwan et Steven, bientôt ce serait à son tour d'être questionné, il ne pourrait pas botter en touche très longtemps. La jeune fille s'était levée d'un bond, avait sauté dans ses vêtements, ses chaussures d'emprunt et avait récupéré son sac à dos. Les deux hommes l'avaient accompagnée jusqu'à la plage d'où elle avait filé vers l'île. Paul avait essayé d'emboîter le pas à Gaëlle, mais Sam l'avait retenu par le bras, martelant un « Laisse-la ! » définitif.

Gaëlle court, marche, saute, escalade, dérape, s'agrippe, rebondit. Personne ne l'arrêtera. Elle touche au but, son but, unique et absolu, celui qui la meut depuis qu'Arthur est mort. Depuis qu'elle a promis. Elle dépasse la zone de vase aisément, habile et leste sur les rochers, dont la couleur rose mouillé scintille sous les rayons du soleil, et avec lesquels elle fait corps. Elle épouse leurs formes, pour certaines gigantesques, galvanisée par l'air marin et l'iode dégagé par les algues, qui emplissent ses poumons à chaque inspiration. Parvenue au banc de sable, elle se trouve soudain face à une ennemie redoutable, un obstacle que, dans sa précipitation, elle n'a pas vu venir : la marée montante. Si elle va plus avant, elle prend le risque d'être submergée puis entraînée par les courants, dont elle ignore la force et le danger. Renoncer, alors qu'elle n'est plus qu'à quelques mètres du tombeau du roi Arthur ? Risquer que les cendres de son frère soient englouties par les vagues, alors qu'elle avait pensé les mêler au vent et à la terre ? Elle se retourne pour rebrousser chemin, envisager une autre voie. Impossible : déjà la mer recouvre les rochers qui lui ont servi de tremplins, ayant également envahi l'espace vaseux laissé derrière elle. Horreur. Gaëlle ne peut plus ni avancer ni reculer. Elle est piégée. La partie est perdue. *Game over*.

Sam est terrifié, mais il ne le montre pas. Devant sa peur, il fait la sourde oreille. À l'arrière du kayak, que Paul et lui ont porté jusqu'à ce que l'eau les empêche de courir et dans lequel ils ont bondi quand ils ont constaté que la jeune fille était en danger, le comédien pagaie, en respirant profondément pour tenter de contenir sa phobie de l'eau qui revient le tourmenter. Il pense à ce que Gaëlle lui a confié une fois, qu'il lui suffisait de s'imaginer être un personnage pour affronter un péril. « C'est comme être sur scène, se répète-t-il. Ce n'est pas toi sur le kayak, c'est une autre personne. C'est Titania. Pas Sam. Titania. Pense à tout ce qui est beau, à tout ce qui est clair. Tu es une fée : tu as tous les pouvoirs ! » Et son anxiété s'estompe, en effet.

Arrivés à la hauteur du rocher sur lequel est juchée Gaëlle, enchaînée par les flots, les deux hommes l'aident à rejoindre l'embarcation et rament avec vigueur jusqu'aux abords de l'île. Assise entre ses deux sauveurs, la jeune fille étreint son sac à dos entre ses bras, fixe l'horizon et inhale l'air marin pour nourrir sa détermination. Rien ne peut plus se mettre entre elle et la parole donnée à Arthur.

Son pied foule l'île d'Aval.

Guidée par son instinct, Gaëlle trouve le fameux menhir, la croix mérovingienne, le mur en pierres sèches. Absence de spectaculaire. Absence de merveilleux. Une ambiance douce néanmoins, tranquille, créée par une légère brume émanant des bruyères, des ajoncs et des hortensias pourpres. Seule face à sa promesse, le corps tendu vers le ciel, elle secoue alors d'un geste gracieux le sac en plastique sauvé des cahotements de son périple. L'émotion lui fait pousser un cri de libération qui déchire l'air.

Les cendres d'Arthur s'éparpillent dans le vent, saupoudrent le sol et envahissent l'azur chaste de l'île, telles des paillettes argentées, dessinant une forme dans le ciel. Est-ce le corps d'un plongeur qui s'élance, cabriole et s'enfonce dans l'horizon bleuté ? Est-ce plutôt un visage ? Peut-être, oui. Un visage délicat, souriant. Le visage de l'enfance qui s'estompe peu à peu pour disparaître dans les embruns vaporisés par la mer.

Tenir une promesse n'a rien d'exceptionnel. On exauce le vœu d'un autre, on respecte le souhait d'un disparu, une volonté arrachée à l'agonie, par devoir, par compassion ou par amour. Avec humilité.

Son odyssée a transformé Gaëlle. L'opiniâtreté dont elle a fait preuve pour parvenir à ses fins a modifié la courbe de ses émotions, nuançant celle de la colère, exaltant celle de la tendresse. Et elle l'a orientée vers un choix essentiel : vivre, coûte que coûte, au gré du vent.

Gaëlle ne sait pas encore que, bientôt, elle arrêtera de dire qu'elle n'est rien. À ses propres yeux, elle est devenue quelqu'un. Quelqu'un de bien. Elle est celle qui a tenu parole. Alors, fille, femme, garçon manqué... Elle continuera de se moquer des dénominations. Des idées préconçues également. Elle ne souffrira aucune étiquette. Elle ne sera personne en particulier. Personne, c'est-à-dire tout à la fois. Cela ne revient-il pas au même ? Et ça lui ira bien, cette liberté de ne pas être. Pourquoi ne pas se concevoir en mouvement continu, tantôt ceci, tantôt cela, en perpétuel devenir, un être de transition, qui préfère les affres du changement et de l'incertitude au confort de sa stabilité ? Les bonnes attitudes, celles qu'il faut avoir pour devenir une vraie femme – qui serait capable d'en donner une définition universelle ? –, ne seront jamais sa préoccupation. Elle s'en remettra à ses sensations, à ses envies et au moment présent. Être libre de ses décisions lui apparaîtra comme la seule nécessité digne de se battre.

Elle ne le sait pas encore, mais elle ne sera pas longtemps amoureuse de Paul. Un été seulement. Le temps de s'apercevoir qu'elle n'est pas faite pour une vie de citadine, une vie d'étudiante parisienne ou, pire, une vie de provinciale qui attend que la semaine passe pour les retrouvailles du week-end, dont le plaisir est teinté de l'inévitable désarroi du dimanche soir. Retrouvailles équivoques, a fortiori décevantes. Elle quittera Paul en l'ayant aimé. Peu importe qu'une histoire dure, pourvu qu'elle soit vécue avec intensité ; telle sera sa devise. L'amour, fugace comme un son, passager comme une ombre, fugitif comme un rêve. Elle quittera Paul pour rester sans attache, trouver une place à elle dans le monde, et être tout entière à son engouement naissant pour l'art dramatique, hérité de son grand frère. Afin d'explorer d'autres corps, de réinventer le plaisir, de redécouvrir sa jouissance à chaque rencontre.

Elle ne sait pas encore qu'une phrase d'Albert Camus va changer son destin – la pratique du théâtre lui donnera peu à peu le goût de la littérature : « Tout ce qui dégrade la culture raccourcit les chemins qui mènent à la servitude. » Bientôt, elle apprendra à jouer la comédie, à chanter, à danser, à écrire aussi, dans l'objectif de devenir ce qu'elle est : un kaléidoscope, privilégiant les costumes provisoires, dont le genre reste indéterminé. Une Shéhérazade des temps modernes porteuse de tous les rêves du monde. Elle aimera raconter des histoires pour que cessent les barbaries, les dogmes, les injustices. Pour donner aux autres le goût du merveilleux, aussi. Certes, elle restera encore un peu Puck le lutin, assumant jusqu'au bout le contrat passé avec ses compagnons de fugue. Par camaraderie, par gratitude, par amour de la scène. Et de Shakespeare, s'il vous plaît ! La vie est éphémère, pensera-t-elle, comme le rêve que nous en aurions si nous vivions endormis – ce que nous sommes peut-être... Peut-être sommes-nous le rêve d'une entité existant dans une réalité parallèle, ou d'une personne du passé qui imagine et projette son utopie dans le futur. Ou bien le rêve d'une personne assoupie dans le futur, qui cherche les clés de sa vie dans un passé qu'elle réinvente. Qui sait où se trouve la vérité fondamentale de ce que l'on vit ?

Elle ne sait pas encore que, sur la plage, elle reverra Gwen, la fille au phœnix tatoué dans le dos, qui disait que toutes les femmes sont des princesses. Elle nouera avec elle, comme plus tard avec d'autres femmes, des liens complices.

Elle ne sait pas non plus qu'elle et Sam s'aimeront fidèlement, d'une amitié indéfectible, qui, tel un jeu de miroirs, continuera de les révéler à eux-mêmes, apaisant les grandes et les petites peines, faisant virevolter la moindre joie, jusqu'à ce que la mort les sépare. Plus tard. Bien plus tard. Qu'en se retrouvant chez lui, ils ouvriront la bouteille de Pol Roger restée au frigo depuis plus de vingt ans, attendant le retour d'un amant disparu. Et qu'ils trinqueront à la vie. La vie ! Elle ne le sait pas encore, mais elle le pressent.

Sam…

Sam pleurera. Il pleurera la mort de son premier amour. Il pleurera un torrent de larmes retenues depuis longtemps. Si longtemps. Trop longtemps. Il se libérera de David. Enfin.

Sam, à qui elle offrira, en gage de son amitié, le recueil des *Lettres à un jeune poète* qu'elle a trouvé dans le sac d'Arthur – après l'avoir lu intégralement. Ils en discuteront des heures durant.

Gaëlle ne sait pas encore que ses parents seront sur le rivage de la plage, quand elle et ses acolytes reviendront de l'île d'Aval, ignorant que les cendres de leur fils ont trouvé leur véritable sépulture. Elle gardera le secret de son geste, y puisant une force apaisée. Ils seront là, en présence de la police, qui ne retiendra aucune charge contre Sam. Toute à sa mission, Gaëlle aura en effet oublié qu'elle a eu dix-huit ans le jour même. Voyant leur fille accoutrée telle une jeune femme, Alan et Caroline seront troublés. Vénus sortant des flots, murmurera sa mère en référence au tableau de Botticelli qu'elle aime tant. Gaëlle s'affranchira de la difficulté d'être sa fille ; elle ne se tourmentera plus d'être ou de ne pas être cette jumelle qui n'est jamais née, mais dont la présence a frôlé Caroline dans le ventre de sa propre mère. Elle lui rendra son fantôme, pour ne vivre qu'avec celui d'un frère qu'elle portera en elle et dont elle épousera la passion, comme unique raison de vivre. Ses parents seront là pour enterrer la hache de guerre et amorcer une réconciliation durable avec le seul enfant qu'il leur reste. Ensemble, ils parleront de leur douleur. Ils mettront des mots dessus.

Gaëlle ne sait pas encore qu'ils lui remettront un petit carnet noir – trouvé par une infirmière entre le mur et la table de nuit de la chambre d'hôpital qu'occupait Arthur –, qu'ils auront eu la décence de ne pas lire parce qu'il est destiné à Gaëlle.

Bouleversée, elle ouvrira le carnet, passera la paume de sa main sur les pages noircies par l'écriture fébrile de son grand frère, les caressera comme on caresse une peau douce, les respirera. Et elle lira et elle se souviendra et elle se métamorphosera.

Références des œuvres citées

1. William Shakespeare, *Hamlet*.
2. William Shakespeare, *Comme il vous plaira*.
3. William Shakespeare, *Comme il vous plaira*.
4. Johnny Hallyday, « L'Envie ».
5. Johnny Hallyday, « L'Envie ».
6. William Shakespeare, *Cymbeline*.
7. William Shakespeare, *Le Songe d'une nuit d'été*.
8. William Shakespeare, *Macbeth*.
9. William Shakespeare, *Hamlet*.
10. William Shakespeare, *La Tempête*.
11. William Shakespeare, *Le Songe d'une nuit d'été*.

Remerciements

Merci, infiniment, à Vanessa Springora pour sa délicatesse, ses remarques inspirées, toujours fécondes, son précieux accompagnement.

Merci aux éditions Julliard pour la confiance renouvelée et l'intérêt porté aux histoires que je raconte.

Merci à Murielle Magellan, Isabelle Tholance, Catherine Arditi, Agnès Muckensturm, Christel Mouton, Laurent Lemouzy, Sarah Tullamore, Dominique Tholance, Léna Leroy, Anthony Foèzon, Gall Gaspard, Téïla Lelann, Françoise Yvergniaux, Julien Gervais, Maxime Hirson, William Domenech, Marin Dewynter, qui m'ont fait l'amitié de m'éclairer de leur lumière.

Merci à ma famille pour son soutien indéfectible. Et son amour, inconditionnel.

Merci à ces acteurs qui, pour certains, ont interprété des rôles de femmes, et dont l'art, le travail et les témoignages m'ont stimulé : Gaspard Ulliel, Melvil Poupaud, Dustin Hoffman, Jared Leto, Eddie Redmayne, Martin Freeman, Tom Hiddleston.

Merci à William Shakespeare. D'être. Ou de ne pas être. La question lui revient.

Composition et mise en pages
Nord Compo à Villeneuve-d'Ascq

FSC
www.fsc.org
MIXTE
Papier issu de sources responsables
FSC® C003309

L'éditeur de cet ouvrage s'engage dans une démarche de certification FSC® qui contribue à la préservation des forêts pour les générations futures.

Pour en savoir plus :
www.editis.com/engagement-rse/

CET OUVRAGE
A ÉTÉ ACHEVÉ D'IMPRIMER
SUR ROTO-PAGE
PAR L'IMPRIMERIE FLOCH
À MAYENNE EN AVRIL 2022

Dépôt légal : mai 2022
N° d'édition : 64095/01 – N° d'impression : 100330
Imprimé en France